生存法则

方军◎编著

中国华侨出版社
·北京·

图书在版编目 (CIP) 数据

亮剑生存法则 / 方军编著 . —北京：中国华侨出版社，2006. 4（2025. 4重印）

ISBN 978-7-80222-108-6

Ⅰ.①亮… Ⅱ.①方… Ⅲ.①长篇小说—文学评论—中国—当代 Ⅳ.① I207.425

中国版本图书馆 CIP 数据核字（2006）第 031429 号

亮剑生存法则

编　　著：方　军
责任编辑：唐崇杰
封面设计：周　飞
经　　销：新华书店
开　　本：710 mm × 1000 mm　1/16 开　　印张：12　　字数：131 千字
印　　刷：三河市富华印刷包装有限公司
版　　次：2006 年 4 月第 1 版
印　　次：2025 年 4 月第 2 次印刷
书　　号：ISBN 978-7-80222-108-6
定　　价：49.80 元

中国华侨出版社　北京市朝阳区西坝河东里 77 号楼底商 5 号　邮编：100028
发 行 部：（010）64443051　　　　　　传　真：（010）64439708

如果发现印装质量问题，影响阅读，请与印刷厂联系调换。

前 言
Preface

一部电视连续剧《亮剑》和它的同名小说在广大观众和读者中引起强烈反响，无论喜欢怀旧的老人、为事业而奔忙的中年人还是追求时尚的年轻人，都为其中的男主人公李云龙所倾倒：豪爽但有点粗鲁、果断但有点独断、勇猛但有点过于大胆、重情重义又有点狂野不羁、妙计迭出也不乏农民式的狡黠……

李云龙崇尚"亮剑"精神，也就是越在危难关头，越是面对强敌，越要勇于拔剑出鞘，亮出一股男子汉的气势。

"真不愧是个男子汉，这样的人才顶天立地。"这是大家对李云龙这个人物共同的赞语。就像当年曹操发出"生子当如孙仲谋"的感慨一样，李云龙的形象给汲汲于名利、看惯了浮躁、虚伪、圆滑、自私等面目的人们以深深的震撼，在这个讲求谨慎处世的时代，人们呼唤着个性的张扬和气节的回归。《亮剑》给我们送来了一个英雄，人们没有理由不接受他。

但是，如果单纯把《亮剑》理解为一首个人英雄主义的赞歌就错了，因为它所揭示出的符合时代旋律的生存法则，给今天为了个人生存、发展的每一个人同样敲响了黄钟大吕。这也是《亮剑》和李云龙如此深入人心的重要因素。

毋庸讳言，以今天的标准衡量，李云龙应该称得上"成功人士"，探究李云龙式的成功秘诀正是本书的主要目的。

在此，我们对李云龙的生存法则做了以下三点归纳：

其一，以气势取胜。李云龙的人生信条是："面对强大的敌手，明知不敌也要毅然亮剑。即使倒下，也要成为一座山，一道岭。"我们扪心自问，在我们的生活、工作、事业上遇到困难和危机的时候，能否也能"毅然亮剑"？人活一口气，有这样的一口气，许多看似无法解决的难题往往在你挺直的脊梁面前迎刃而解；少了这样一口气，一点磕碰也会让你摔个大跟头，生存的路子也会越走越窄。

其二，以本领取胜。本领是一个人生存的"硬件配置"。李云龙脾气倔、争强好胜，因为他有倔和争的资本：带队伍的本领和指挥队伍的艺术。尽管他身上有许多让人难以忍受的坏毛病，但有了这两手，他让自己成为战场上不可缺少的主角。就好比剑客用剑，你敢于亮剑，同时你亮出的又是一把削铁如泥的好剑，自然可以在生存的竞技场上始终居于主导地位。

其三，以智慧取胜。李云龙不是一介莽夫，相反在粗犷的性格和外表下，隐藏着一颗智慧的大脑。与敌交手"不做赔本买卖"是他的口头禅，所以，他总能运用超常规思维把对手算计其中。靠智慧竞争求赢是李云龙的生存哲学，在今天，也只有爱动脑子、善用智慧的人才能在生存的竞争中脱颖而出。

亮剑——敢于拔剑、善于用剑。李云龙以其在血与火的考验中积累的丰富的生存经验告诉我们，一个人要想活得精彩，要想不断拓展自我的生存空间，就必须时时提醒自己：只有心中有剑、适时亮剑才能无敌于天下。

目 录
Contents

上篇
亮剑就亮出虎虎生气
有胆气做人才能顶天立地

第一章　只要亮剑就有赢的希望 //002

1. 只要出击就有机会赢得主动权 //002
2. 要想赢就得有一股敢想敢拼的精气神儿 //004
3. 坚持下去才能亮出利剑的风采 //008
4. 不敢亮剑就可能被纸老虎吓倒 //012
5. 打破束缚才能勇往直前 //015

第二章　保持本色，活出棱角 //019

    1. 坚持做个不盲从的人 //019

    2. 只有一条路属于自己 //023

    3. 保持本色的人才能做到忠于自己 //028

    4. 特立独行才能走出自己的路 //030

    5. 理直气壮地收获属于自己的东西 //034

第三章　赌气、生气不如自己争口气 //038

    1. 找出自己的劣势并改变它 //038

    2. 生气，倒不如利用潜规则 //044

    3. 做事情要有股韧劲儿 //047

    4. 困境只有先适应才能后利用 //049

    5. 用骨气挫败狂妄的对手 //052

中篇

好剑要锻成削铁如泥

有真本事才有博取一席之地的资本

第四章 好剑客要有一把得心应手的利剑 //056

    1. 练好内功什么剑都能运用自如 //056

    2. 要有自己的独特秘器 //059

    3. 手里有看家利器才能让自己举足轻重 //063

    4. 别把木剑当成有用的武器 //065

第五章 要有自己拿得出手的真本事 //067

    1. 找出自己的"卖点" //067

    2. 让自己不断升值 //069

    3. 实用的本事才能拿得出手 //071

    4. 才华也会误前程 //074

    5. 执行力是一种更大的本事 //076

第六章　用高效的管理手段提升个人的影响力 //079

    1. 靠战斗力提高工作效率 //079

    2. 管理都是被"抓"出来的 //082

    3. 做到一呼百应的要诀 //085

    4. 敢于自己承担责任 //090

    5. 让你的队伍充满战斗力 //094

下篇

舞剑力求一招制敌
运用超常规思维赢得竞争优势

第七章　亮剑出招要进退有序 //100

    1. 维护与还击合为一体 //100

    2. 越是高手越要学会含而不露 //104

3. 出招要动静结合 //106

4. 虚实中的进退招法 //110

5. 无敌高手的剑从不出鞘 //114

第八章　以脑用剑而不是以手用剑 //119

1. 先断后路再找出路 //119

2. 换个思路就是成功 //123

3. 从不可能中找机会 //126

4. 何必跟人挤"阳关道" //129

5. 反向思维让你反败为胜 //133

第九章　亮剑的时候也别忘了保护自己 //138

1. 防奸须先识奸 //138

2. 要学会用"拟态"和"保护色" //141

3. 注意审视自己的同船之人 //143

4. 切忌盲目轻敌冒险 //146

5. 千万别让骄横之心控制了自己 //149

6. 不怕犯错，就怕总犯同样的错 //151

第十章 施展智慧的力量创新求变 //155

1. 在创新中求生路 //155

2. 既可自己创新，也让别人为自己创新 //159

3. 铲除求变的抵制心理 //164

4. 让创新多点开花 //167

5. 变化中化险为夷是本事 //172

6. 良好的应变是成功的先决条件 //175

7. 条条大路通罗马 //178

上篇 亮剑就亮出虎虎生气

有胆气做人才能顶天立地

看过《亮剑》这部小说或电视剧的人对于李云龙这个人物有一个共同的评价：大胆、勇猛、肯担当、敢负责，面对压力、困境甚至生死都能面不改色心不跳，不愧是一个顶天立地的男子汉。应该说，人们对李云龙式英雄的认可、崇敬，反映了我们这个时代血性的缺失。很多人把建人脉、会处世作为立足社会的生存法则，并因此磨平了自身所有的棱角。实际上如今的社会竞争越来越激烈，要想在竞争中脱颖而出，就要具备应有的胆气、正气、骨气。做人就做一个李云龙那样有虎虎生气、任何情况下都敢于亮剑的剑客，人的一生才活得更有意义，才更能以强势赢得更大的生存空间。

第一章
只要亮剑就有赢的希望

俗话说，两军相遇勇者胜。李云龙在战场上什么样的敌人都碰到过，什么样的险情都遭遇过，对此，李云龙的对策只有一个字：打！正是这股气吞山河的勇气，助李云龙一路高歌猛进。在现实生活和社会竞争中又何尝不如是？很多时候，战则胜，不战则败。只要你宝剑出鞘，就存在赢的一线希望。

1. 只要出击就有机会赢得主动权

李云龙率领的独立团与日军精锐的山崎大队有过一场遭遇战。本来上级命令李云龙向后撤退。但是，李云龙却认为这是消灭山崎大队的绝好机会，所以，他的命令是前进。这个在当时看来近乎疯狂的大胆想法却使他赢得了战场上的主动权。结果是，山崎大队全军覆没。看来，靠勇气大胆出击反倒能为自己赢来胜机。

与李云龙的做法相反的是，在日常工作、生活中，我们听到最多的却是"没有机会"的推诿，是不敢出击的胆怯。

一个人必须明白一点：要是你只在等待机会，等人提拔，待人帮助，你一生将永远不会比别人活得更好。不敢亮剑就是自动放弃赢的机会。

当亚历山大获得胜利以后，有人问他："你是不是等待着一种机会去进攻的呢？"

他听了大怒起来说："机会是要人自己去创造的。"

创造机会，因此使亚历山大成就了他的事业。只有能改变环境、创造机会的人，才能达到他的期望，实现他的人生意义。

也许有人以为机会是事业的钥匙，获得了钥匙，于是事业便会一帆风顺。但是，事实并不是这样。不论做什么事，即使有了机会，还是要用你的才能去努力，要用你的行动去苦干。你的才能潜伏在你的体内，你必须自己把它们表现出来。

等待机会，是一种极笨拙的行为。你不要以为机会像是一个到你家里来的客人，他在你的家门口敲门，等待你开门把他迎接进来。恰好相反，机会是一种不可捉摸的东西，无影无形，无声无息，它有时潜伏在你努力地工作中，有时徘徊在无人注意的地方。假如你不用正确的方法去寻求，也许你永远不会遇着它。

"你应以主导性的行动去面对即将在你身边短暂停留的机会，"卡耐基如是说，"机会来到你身边，只有你请它，它才可能为你停留，并在你的人生中升值。"

就像李云龙在战场上以勇气赢得主动权一样,在我们做人的方面,"自主的"行动是非常重要的。

即使事情的发展不如预期,那也只有一个原因,如果其他主观的条件不变的话,那就是你没有去创造本属于自己的良机。

唯一能创造良机的,只有你自己。有了这种认识,才能由被动地寻找变成主动地创造,由被动地接受变成主动地拥有。依赖别人及推卸责任是庸俗和无知的表现。什么都不去做,只想依靠别人,局势将根本没有改变的希望。人生的一切变化,都是缘于自己的创造。

主动,是对于自我的肯定与超越,是健康的心理人格、明确的价值观念和积极的自我意识的集中体现。拥有主动权,就等于是拥有了自己生活的一半话语权。

李云龙是战争年代战场上的英雄代表,他以敢于亮剑的方式为自己赢得了那个时代自己应有的位置。和平年代的生存竞争场与当年的战场一样,也许你已经主动拔剑却没有赢下来,但只要出击,你总有取胜的机会。

2. 要想赢就得有一股敢想敢拼的精气神儿

也许生活中的竞争、职场上的竞争不像战场上那样刀刀见红、你死我活，但是敢想敢拼的气势照样不可缺少。李云龙敢跟以搏杀见长的日军拼刺刀，他想得大胆、赢得大气。我们常说人要活出一股精气神儿，这股精气神儿的表现之一，就是在面对巨大的挑战时能够迎难而上。

天赋、外貌及其他特质，并非人人生而平等，但上天赐予我们丰富的"内在价值"，却能够绵延不绝。人生的竞赛，并不局限在一个竞技场上，我们每个人的受教育程度不一，提供支援的家庭力量及其他因素，也大都非我们所能控制。但我们可以确定的是，每个人生而具有获得冠军的能力，要将它挖掘出来，并利用它来战胜所有的外在阻力，必须有"敢想"的前提条件，和无畏拼打的过程。

安东尼·罗宾告诉我们，要学会用一个词——"内在的赢家"，既要能够认知自己的内在价值，又能够以它为基础，去实现目标。世界上，能够在颈上挂金牌的秘诀在于，你必须先是个内在的赢家。

有句格言说得好："失败者任其失败，成功者创造成功"。

拳王阿里曾用过这种方法向自己挑战，激励自己发挥出更大的潜能。

在拳王阿里与弗来奇尔对阵之前，他像诺马士那样宣称自己将获得胜利。在他早期的拳击生涯中，阿里就常预测对手的实力，但那时他是与实力远不如他的人竞赛。而此时，阿里是离开圈内多年后再战，而弗来奇尔则是常胜将军。阿里居然仍夸口自己会胜利。

这回，他的预测错了，阿里输了。最后一战他辛苦应战，但失败了。

在这之后不久,阿里被邀请上美国一家电视台的访谈节目,在他被介绍给观众之前,有人怀疑他上台时观众会反应冷淡。他曾信誓旦旦地说他一定会赢,结果他输了,那确实令人无地自容。

可是当阿里出现时,他受到在场观众真诚地起立致意,热烈鼓掌喝彩。

他并不被认为是个愚弄自己的人,相反地,被认为是一名勇于挑战自我的勇士,这次"失败"对于阿里显然不是一种标志,从中我们反而能够更深刻地看出,为何他能赢得"拳王"的称号。

李云龙的敢想敢拼也好,安东尼的"内在赢家"也好,意思大同小异——自己的天下必须靠自己去打出来。

美国著名喜剧演员罗伯·许默尔在成名之前曾在亚利桑那州开了一家音响店。有一天他到洛城探望妹妹,顺道去夜总会看了一场喜剧表演,表演到一半,许默尔的妹妹突然说道:"你和台上这些明星一样有搞笑的本领,为什么不试试演演喜剧呢?"许默尔愣了一下,随即答道:"别开玩笑了,这我可做不来。"过了几天,他们又来到这家夜总会,当晚的表演完全开放,给业余选手大显身手的机会,许默尔的妹妹也悄悄帮他报了名。节目进行到一半,主持人突然说:"现在,让我们欢迎来自亚利桑那州的许默尔先生。"

许默尔几乎不相信自己的耳朵,傻愣愣地坐在原地,待他醒过神来时,早已被哄上了台。面对全场观众的掌声,迫于情势,他只好硬着头皮,拿自己的父亲、母亲大开玩笑。两分钟的脱口秀表演,让台下观众几乎笑破肚皮。下台后,夜总会老板连忙一把抓住他:"如果你想干这行的话，我马上为你安排档期。"

这时的许默尔脑海里浮现出一幅他连做梦都想的景象：自己成为一位知名的笑星，和自己的偶像雷诺、塞菲尔同台演出。回到亚利桑那州之后，他将自己的梦想告诉太太，匆匆处理了家产，举家迁往洛杉矶，追逐他的明星梦。

一到洛杉矶，他连妹妹家也没去，带着老婆就直奔夜总会，谁知道，眼前看到的不是富丽堂皇的夜总会，而是一片余烬未熄的废墟。原来，夜总会在前一天晚上被烧毁了。

受此重挫的许默尔并没有就此放弃他的梦想，他说："那天晚上首次登台之后，我就暗暗发誓，一定要回洛杉矶一展才华，不过当然，你必须先有妥善的计划，也必须身体力行才可以。"这不，他就这样一步一步走过来了。

后来，许默尔不仅经常和他敬仰的笑星同台演出，还被《拉斯韦加斯评论报》选为年度喜剧演员，《时代》杂志也撰文推介他刚出版的CD。

许默尔的成功，显然应当归功于他的敢想（虽然这一步是在别人的推动下完成的）、敢拼。而在此之前他之所以平庸无为，当然也是因为他没能突破这一步。李云龙所遵从的"战则胜，不战则败"法则，应该说在做任何事情时都是异常重要的。

3. 坚持下去才能亮出利剑的风采

敢于拔剑出鞘勇对强敌固然可贵，但很多情况下并非只要你把剑亮出来问题就迎刃而解，还需要你的坚持、你的努力争取。

谁都得承认，即使像李云龙这样勇敢无畏、始终不懈地坚持行动的人，在很多时候，他也会被各种打击和挫折困扰，甚至不可避免地出现绝望的心情。然而，这一切作为人的一般情感表现还是可以允许的，但倘若就此而否定和放弃自己，那恐怕真的将要兵败如山倒。李云龙有幸不是一个轻言放弃的人，作为我们普通人，坚持下去更是不能缺少的人生意志。

其实在很多时候，人们那种绝望的心情是来自以往的经历，这是一种学来的行为。当医务人员治疗垂危的患者时，发现那些受到高度鼓舞的患者往往活得更长些；另外，那些满怀希望的患者比失去信心的患者更容易康复，也更心情愉快些。

库特·理希特博士曾用两只老鼠做过一次简单的研究。他用手紧抓住一只老鼠，不管老鼠怎么挣扎，他都不让它逃脱。经过一段长时间的挣扎后，老鼠终于不再反抗了，几乎是一动不动了。然后，把这只老鼠放入一个温水槽里，它立刻就沉底了，甚至根本没有试图游泳来求生，它死了。当理希特博士把另一只老鼠直接放入温水槽中，老鼠很快就游向安全的地方。

实验得出的结论是：第一只老鼠已经明白不管费多大力都挣不脱理希特博士的手掌，它认为已经没希望活命了，它认为要改变它自己的处境是没指望的。因此，它不再采取"毫无希望"的任何行动。第二只老鼠没有前者的经历，它不认为这一切都无济于事，自己的处境是可以改变的，所以当危机降临时，它能立即做出反应，立即采取行动，幸免于难。

这个实验证明了这样一个观点：凡是更加努力去争取的人，就会做得更好些，而放弃希望的人，则只能无可挽回地走向失败。

一位女大学生刚毕业时，到一家公司应聘财务会计工作，面试时便遭到拒绝，原因是她太年轻，公司需要的是有丰富工作经验的资深会计人员。女大学生没有气馁，一再坚持。她对主考官说："请再给我一次机会，允许我参加完笔试。"主考官拗不过她，答应了她的请求。结果，她通过了笔试，由人事经理亲自复试。

人事经理对这位女大学生颇有好感，因她的笔试成绩最好，不过，女孩的话让经理有些失望，她说自己没工作过，唯一的经验是在学校掌管过学生会财务。找一个没有工作经验的人做财务会计不是他们的预期，经理决定到此为止："今天就到这里，如有消息我会打电话通知你。"

女孩从座位上站起来，向经理点点头，从口袋里掏出两块钱双手递给经理："不管是否录取，请都给我打个电话。"

经理从未遇到过这种情况，一下子呆住了。不过他很快回过神来，问："你怎么知道我不给没有录用的人打电话？"

"你刚才说如有消息就打，那言下之意就是没录取就不打了。"

经理对这个年轻女孩产生了浓厚的兴趣，问："如果你没被录用，我打电话,你想知道些什么呢?"

"请告诉我,在什么地方不能达到你们的要求,我在哪方面不够好,我好改进。"

"那两块钱……"

女孩微笑道:"给没有被录用的人打电话不属于公司的正常开支,所以由我付电话费,请你一定打。"

经理也微笑道:"请你把两块钱收回,我不会打电话了,我现在就通知你,你被录用了。"

就这样,女孩用两块钱敲开了机遇大门。细想起来,其实道理很清楚:一开始便被拒绝,女孩仍要求参加笔试,说明她有坚毅的品格。财务是十分繁杂的工作,没有足够的耐心和毅力是不可能做好的。

如果这个女孩在一开始遭拒绝就收兵,那么就可能得不到这份工作。令人钦佩的是她不但没有黯然放弃,反而积极主动地去要求、争取,她没有指望谁能帮上自己,她相信的是积极主动的进取心和自信心。

一谈到小泽征尔先生,大家都知道,他堪称是全日本足以向世界夸耀的大音乐家、名指挥家,然而,他之所以能够拥有今天名指挥家的地位,乃是参加贝桑松国际音乐节的"国际指挥比赛"带来的。在这之前,小泽征尔不只与世界无关,即使是在日本,他也名不见经传。

他决心参加贝桑松的音乐比赛,是因为受到别人的鼓励,但他自决定参加音乐比赛开始,日日都以能得到音乐比赛奖为目标,几乎是废寝忘食地不断练习。

在克服重重困难之后,他终于充满信心地来到欧洲。他没有料到,还有更大的困难在等待着他。

到达欧洲之后,他首先要办的是参加音乐比赛的手续,但由于在此之前没有参加国际比赛经验,他的证件不够齐全,不被组委会受理,这么一来,他就无法参加期待已久的音乐节了!

一般说到音乐家,多半是性格内向而不爱出风头的,所以,绝大多数的人在遇到这种情况时多半会就此放弃,但小泽征尔却不同,他并没有选择软弱的做法。

首先,他来到日本大使馆,说明整件事的原委,然后要求帮助。

可是,日本大使馆无法解决这个问题。正在束手无策时,他突然想起了朋友过去告诉他的事。

"对了!美国大使馆有音乐部,凡是喜欢音乐的人,都可以参加。"

他立刻赶到美国大使馆。

这里的负责人是卡莎夫人,过去她曾在纽约的某音乐团担任小提琴手。小泽征尔将事情本末向她说明,拼命请求对方想办法让他参加音乐比赛,但卡莎夫人面有难色地表示:"虽然我也是音乐家出身,但美国大使馆不得越权干预音乐节的问题。"

她的理由很明白。但他仍执拗地恳求她。原来表情僵硬的她,逐渐浮现出笑容。思考了一会儿,卡莎夫人问了他一个问题:"你是个优秀的音乐家吗?或者是个不怎么优秀的音乐家?"

他毫不犹豫地回答:"当然,我自认是个优秀的音乐家,我是说将来可能……"

他这几句充满自信的话,让卡莎夫人的手立刻伸向电话。

她联络到贝桑松国际音乐节的组委会,拜托他们让小泽征尔参加音乐比赛,结果,组委会回答说两周后做最后决定,请他们等待答复。

此时,小泽征尔心中便有了一丝希望。

两星期后,收到美国大使馆的答复,告知他已获准参加音乐比赛。这表明,他可以正式地参加贝桑松国际音乐节的国际指挥比赛了!

参加比赛的选手总共约60名,他很顺利地通过了第一次预选,最终获准参加正式决赛,此时他想:"为了不让自己后悔,我一定要努力。"

后来他终于获得了冠军。就这样,他拥有了世界大指挥家不可动摇的地位。

确实,由于外在的硬性条件,有时即使一个很努力也很有能力的人,也会被"成功"拒之门外,此时,能否坚持不懈地叩击成功的大门,比期望幸运临头显得更重要!

学会争取到最后一丝希望,扭转挫折和失败,使自己再次站到通向成功的路上,这在人生历程中不顺利的时刻显得异常重要。它甚至是成功者与失败者的又一个区别和分水岭。

4. 不敢亮剑就可能被纸老虎吓倒

有句俗话叫做"真人面前不说假话",为什么假话不敢在"真人"面前说？假话因为其假在真人面前就现了原形。李云龙就是这样一位"真人"，在他的勇气面前，一切貌似强大的东西都会乖乖露出其庐山真面目。

生活中偏偏有很多面对些许困难不战而降的人，这样的人甘于让宝剑锈在鞘里而不敢亮出，他注定会一事无成。

面对貌似难以解决的问题或看似强大的敌人，既不尝试努力争取，又不去想其他办法来对付，就胆怯地不战而降。这种"投降派"，简直可以称得上是患了"软骨症"。无疑地，在人生的战场上，他们也将是被淘汰出局者。

古代波斯（今伊朗）有位国王，想挑选一名官员担当一个重要职务。他把那些智勇双全的官员全都召集来，试试他们之中究竟谁能胜任。

官员们被国王领到一座大门前，面对这座国内最大、他们从来没有见过的大门，国王说："爱卿们，你们都是既聪明又有力气的人。现在，你们已经看到，这是我国最大最重的大门，可是一直没有打开过。你们之中谁能打开这座大门，帮我解决这个久久没能解决的难题？"

不少官员远远张望了一下大门，就连连摇头。有几位走近大门看了看，退了回去，没敢去试着开门。另一些官员也都纷纷表示，没有办法开门。

这时，有一名官员走到大门下，先仔细观察了一番，又用手四处探摸，用各种方法试探开门。几经试探之后，他抓起一根沉重的铁链子，没怎么用力拉，大门竟然开了！

原来，这座看似非常坚牢的大门，并没有真正关上，任何一个人只要仔细察看一下，并有点胆量试一试，比如拉一下看似沉重的铁链，甚至不必用多大力气推一下大门，都可以打得开。如果连摸也不摸，看也不看，自然会感到对这座貌似坚牢无比的庞然大物束手无策了。

国王对打开了大门的大臣说："朝廷那最重要的职务，就请你担任吧！因为你不光是限于你所见到的和听到的，在别人感到无能为力时，你却会想到仔细观察，并有勇气冒险试一试。"他又对众官员说："其实，对于任何貌似难以解决的问题，都需要开动脑筋仔细观察，并有胆量冒一下险，大胆地试一试。"

那些没有勇气试一试的官员们，一个个都低下了头。

也许这会被人们看作是一个主题先行的寓言。在现实生活中，其实也不乏类似的例子：

当马丽作为新娘来到一个农场时，那块石头就在那儿了。

它刚好位于屋角，是块丑陋、阴暗的橙色怪石。这块直径约有0.3米的石头，从后院草地里突出两英寸，随时可能使人绊倒。

一次马丽使用割草机，不小心被它碰断了高速运转的刀片。马丽问："我们不能把它挖走吗？"

"不行，它一直在那儿。"丈夫说，他父亲也表示同意。"它埋下去很深，我想。"公公补充说，"我们家从南北战争时就住在这儿，从来没人把它挖走。"

于是那石头就留住了。后来，马丽的孩子们出生了，又逐渐长大可以到处走了。接着公公去世。再后来，丈夫也离开了她。

葬礼之后,马丽开始以主人的眼光审视周围的院子,发现草坪有近百个小伤痕。她便一个一个地修补它们。然而,房子西南角那片怎么整也不行。一定是那块石头影响了草坪的生长。她到库房拿出铁铲,要挖掉那块石头。

马丽准备干上一整天来除去这块顽石。她穿上厚厚的鞋子,找来手推车。

但仅仅5分钟之后,那块石头就被挖出来了。原来它只埋了约0.3米深,现在看起来可能比她原先认为的宽0.15米。马丽只是用铁棍把它撬松,然后放入手推车,就把这个困扰了两代人的问题给解决了。

在生存的竞技场上,有许多时候也会出现与之类似的情况。

记住李云龙是怎么做的吧:许多敌人貌似强大,其实不过是"纸老虎",只要你敢于勇敢地面对挑战,也许你就会发现,原来胜利实在远不如想象的那般难以取得!

5. 打破束缚才能勇往直前

赵刚曾经是李云龙的搭档——独立团政委。初到独立团时,大学毕业、饱读诗书的赵刚与"泥腿子"出身的李云龙总合不到一块去,因为赵刚看李云龙的做法这里不合规矩、那里不合常情。

但在实战中，恰恰是这些不合规矩和常情的大胆做法保证了最后的胜利。慢慢地，赵刚头脑中那些自我设定的束缚解开了，他也成长为一个勇于亮剑的人。

勇于亮剑的人会视自我束缚为赢取成功的天敌。

自我束缚不仅表现在客观环境上，也表现在因客观环境而形成的主观意识上。因此打破这种束缚，意味着两种环境的同时改换，只有这样，才能全面地改进自己的做人境界。

小虎鲨在一次去浅海游泳玩耍时被人类捕捉到。离开大海的小虎鲨还算幸运，被一个研究虎鲨的单位买了去。关在人工鱼池中的小虎鲨虽然不自由，却不愁食物，因为研究人员会定时把食物送到池中。

有一天，研究人员将一片厚玻璃放到池中，把水池隔成两半，小虎鲨看不出来。研究人员把活鱼放到玻璃的另一边，小虎鲨看到鱼后就冲了过去，却撞到玻璃上，痛得头昏眼花，什么也没吃到。

小虎鲨不信邪，等了几分钟，看准了一条鱼又冲过去，这次撞得更痛，差点没昏倒，还是吃不到。

休息十多分钟之后，小虎鲨饿坏了，这次盯住一条更大的鱼又冲过去。情况没改变，小虎鲨撞得嘴角流血，终究想不通到底是怎么回事。

最后，小虎鲨拼了最后一口气，再冲，仍然被玻璃挡住，撞了个全身翻转，鱼就是吃不到。小虎鲨终于放弃了。

研究人员又来了，把玻璃拿走。然后，又放进的小鱼在池中游来游去。小虎鲨看着嘴边的美食却不敢去吃，尽管饿得两眼昏花也一直忍着。

在这则寓言中，小虎鲨之所以忍饥挨饿也不去捕食，就是因为它已经形成了一种"不可能"的心理定势。作为比鲨鱼聪明的人，在这方面我们其实也不比小虎鲨做得更好，一种甘心现状束缚、路已走到尽头却不知改变生存环境的思维习惯一直束缚着人们。

我们之所以不得不改变，就是为了要打破现状。

我们可以思考一下，什么时候是非得打破现状不可的？有很多时候，我们会面临一个停滞不前的状况，却怎么也不明白它不前进的原因，因此也就不知道该如何是好。有些性子急的人，因为无论如何也不能了解自身和环境的状况，不管再怎么想也找不出对策，因而死心断念，甘心停步不前。

我们应该让"我不行啦"，"不可能的啦"等口头禅垃圾从我们的口中消失。成天把消极的语言挂在嘴边的人，光是这样唠叨，就已经把自己的志气耗尽了。人的意志力之大，往往是超乎我们的想象的。心理上先抱失败的想法，自然整个人的行为、感觉就会受到影响；这样的情形，是我们不能忽视的事实。

总而言之，建设自己，彻底使自己成为积极进取的人，是十分重要的。习惯认为自己"绝对可以胜任"、"我每天都在成长之中"，正是走向成功，改变自我现状的第一步。

变化之际就是机会出现的时候，今后该如何准备，才能改变自己的现状，这是一个有心改换做人方法、有志改变自己人生的人应首先考虑的问题。

倘若我们在努力挣脱束缚却发现实在难以完成时，应该转变一下思维方式，从另一个角度看一看：这个束缚是不是自己虚设的，是不是已经被打破而自己还认为它仍然存在？我们是不是可以"金蝉脱壳"，从另一条渠道很容易地摆脱它？就像那只小虎鲨，自己原本可以慢慢地游过去，试探着，不致被撞得头破血流而导致心灰意冷，说不定几次试探之后，那道无形的墙已经自动消失了。

在战场上摆脱自我束缚就能成为战无不胜的将军，如赵刚；在生活中摆脱自我束缚，也能成为敢于亮剑的成功者，如你我。

第二章
保持本色，活出棱角

保持本色，活出棱角李云龙，一个浑身散发着倔强、质朴之气的八路军指挥员形象，之所以遮掩了时下众多帅哥靓女们的星光，为不同年龄、不同阶层的观众和读者喜爱，是因为他身上那种本色的东西在现实中十分少见：他重情重义，不惜为此违反军纪，他粗暴、鲁莽但对人真诚相待，他不管什么理论、条例，但看问题实际、准确……与李云龙相对照，我们周围的许多人都生活在套子里，在一生的小心谨慎中丧失了自我。

1. 坚持做个不盲从的人

李云龙在战场上头脑异常清醒，更可贵的是，一旦经过自己的判断得出结论，他会坚持到底。仍以与日军川崎大队的遭遇为例，战场上对抗上级的命令，仗打胜了无功，稍有闪失就可能掉脑袋，但李云龙毫不犹豫地选择了坚持自己的主张。

李云龙是个大老粗，但他的一生都在用自己的头脑思考，所以他是一个活得明白的人。

爱默生曾经说过："想要成为一个真正的'人'，首先必须是个不盲从的人。你心灵的完整性是不容侵犯的……当我放弃自己的立场，而想用别人的观点去看一件事的时候，错误便造成了……"

的确，一个人，只要认为自己的立场和观点正确，就要勇于坚持下去，而不必在乎别人如何去评价。美国的威尔逊在最初创业时，只有一台价值50美元分期付款赊来的爆米花机。第二次世界大战结束后，他做生意赚了点钱，于是就决定从事地皮生意。当时，在美国从事地皮生意的人并不多，因为战后人们一般都比较穷，买地皮建房子、建商店、盖厂房的人很少，地皮的价格也很低。当亲朋好友听说威尔逊要做地皮生意，都强烈地反对。而威尔逊却坚持己见，他认为反对他的人目光短浅，虽然连年的战争使美国的经济很不景气，可美国是战胜国，经济会很快进入大发展时期。到那时买地皮的人一定会增多，地皮的价格会暴涨。于是，威尔逊用手头的全部资金再加一部分贷款在市郊买下很大的一片荒地。这片土地由于地势低洼，不适宜耕种，所以很少有人问津。但是威尔逊亲自观察了以后，还是决定买下了这片荒地。他的预测是，美国经济会很快繁荣，城市人口会日益增多，市区将会不断扩大，必然向郊区延伸。在不远的将来，这片土地一定会变成黄金地段。

后来的发展验证了他的预见。不到三年时间，美国城市人口剧增，市区迅速扩展，大马路一直修到威尔逊买的土地的边上。这时，人们才发现，这片土地周围风景宜人，是人们夏日避暑的好地方。于是，这片土地价格倍增，许多商人竞相出高价购买，但威尔逊不为眼前的利益所惑，他还有更长远的打算。后来，威尔逊在这片土地上盖起了一座汽车旅馆，命名为"假日旅馆"。由于它的地理位置好。舒适方便，开业后，顾客盈门，生意非常兴隆。从此以后，威尔逊的生意越做越大，他的假日旅馆逐步遍及世界各地。

坚持一项并不被人支持的原则，或不随便迁就一项普遍为人支持的原则，都不是一件容易的事。但是，如果一旦这样做了，就一定会赢得别人的尊重，体现出自己的价值。

美国人曾经必须靠个人的决断来求取生存。那些驾着马车到西部开发的拓荒者，遇到事情时并没有机会找专家来帮忙解决问题。不管是遇到紧急情况或任何危机，他们也只能依靠自己。印第安人来攻击的时候，没有警察，他们只能依靠自己的智慧和力量；要想安顿家庭，没有建筑公司，完全得靠自己的双手；生病时，没有医生，他们便依靠常识或家庭秘方；想要食物，更是靠自己去耕种或猎捕。这些人，每当遇到生活上的各种问题，都得立即下判断，做决定。事实上，他们也一直做得很好。

现在人们生活在一个充满专家的时代。由于人们已十分习惯于依赖这些专家权威性的看法，所以便逐渐丧失了对自己的信心，以至于不能对许多事情提出自己的意见或坚持信念。这些专家之所以取代了人们的社会地位，是因为人们让他们这么做的。

有许多小儿科医生会告诉父母如何喂养、抚育和照顾孩子，也有许多幼儿心理学家告诉父母如何教育子女；经商时，有许多专家会告诉人们如何使生意成交；在政治上，人们投票很少是因为个人的选择，大部分人是盲从某些特定团体的意见；就是人们的私生活，有时也要受某些专家意见的影响。很多人都没有想到，其实自己就是世界上最伟大的专家。

普林斯顿大学校长哈洛·达斯，对顺应群体与否的问题十分关切。他在1955年的毕业生典礼上，以《成为独立个性的重要性》为题发表演讲，他指出：无论人们受到多大的压力，使他不得已改变了自己去顺应环境，但只要他是个具有独立个性气质的人，就会发现，无论他如何尽力想用理性的方法向环境投降，他仍会失去自己所拥有的最珍贵的资产——尊严。维护自己的独立性，是人类具有的神圣要求，是不愿当别人的橡皮图章的表现。随波逐流，虽然可得到某种情绪上的一时满足，但人们的心灵定会时时受到它的干扰。

李云龙用他的行动告诉我们：没有独立的思维方法、生活能力和自己的主见，那么生活、事业就无从谈起。众人观点各异欲听也无所适从，只有把别人的话当参考，按着自己的主张走，一切才处之泰然。

2. 只有一条路属于自己

　　李云龙因为指挥了一次漂亮的歼灭战很受粟裕将军赏识，慧眼识珠的粟裕亲自下令提升团长李云龙为副师长。一般人都会为此感到高兴，但李云龙不是一般人，他的回答是：要是看得起咱就给个师长干，与其当什么副师长，还不如接着干我的团长。如此"不识抬举"，他的理由只有一个：我李云龙只适合干正职，不适合干副职。

　　狂傲归狂傲，在李云龙的本色表现中我们却看到，诚如他所言，他不适合干听别人指挥的副职，他选择了一条最适合自己的路。

　　这样的路对一个人来说有时候只有一条。

　　面对五光十色的外部世界，人们很容易迷失自己，在追求本不属于自己的东西时，也就同时走上了做人与做事的歧途。在这么多的人生诱惑面前保持本色很难，但只要做到了保持本色，你会发现一切都变得如此简单。

　　当你面临多项选择时，要做出正确的决定显然更难。这里只需把握一个最简单的道理：认清自己的真面目，因为路有千条，也只有一条属于自己。弱水三千，只取一瓢饮足矣。

　　话说有一只兔子长了三只耳朵，因而在同伴中备受嘲讽戏弄，大家都说他是怪物，不肯跟他玩；为此，三耳兔很悲伤，经常暗自哭泣。

有一天，他终于做了决定把那一只多出来的耳朵忍痛割掉了，于是，他就和大家一模一样，也不再遭受排挤，他感到快乐极了。

时隔不久，他因为游玩而进了另一座森林。天啊！那边的兔子竟然全部都是三只耳朵，跟他以前一样！但由于他已少了一只耳朵，所以，这座森林里的兔子们也嫌弃他，不理他，他只好快快地离开了。从此，他领悟到一个真理：只要和别人不一样的，就是错！

这个寓言提醒了人们，凡事不要盲目地和别人相比，不同于别人的，不一定就是不好的。每个人都有各自的特点，也有各自的长处，不要拿别人的标准来衡量你自己。

从某个角度来看，地球上每一个人都不如另一个人或另一些人。你知道你的举重比不上张国政，掷铅球比不上白利·欧布莱恩，打篮球比不上姚明，110米跨栏想与刘翔比肩更是不可能，这些事情你知道得很清楚。但你不应因为比不上他们而产生自卑感，使你的人生黯淡无光，也不该只因为某些事情无法做得像他们那么有技巧，而觉得自己是块废料。

不如人的感觉，产生的原因只有一种：我们不用自己的"尺度"来判断自己，而用某些人的标准来衡量自己。我们这样做，毫无疑问地，只会带来次人一等的感觉，所以我们觉得忧虑、不如人，因而下个结论说我们本身有毛病。

这些都是因为我们接受了"我应该像某某人"或"我应像其他某一个人"的错误观念。事实上并没有"其他每一个人"的通用标准，况且"其他每一个人"都是由个人组成的，世界上没有两个完全相同的人。

你身为一个人，不必与别人比较高下，因为地球上没有人和你一样：你是一个人，你是独一无二的，你不"像"任何一个人，也无法变得"像"某一个人，没有人要你去"像"某一个人，也没有人要某一个人来"像"你。

上帝并没有创造一个标准人，也没有在某人身上贴标签说"这个才是标准"人，他使人类有个别独特之分，犹如他使每一片雪花有个别独特之分一般。

不要过分关心别人的想法：你过分关心"别人的想法"时，你太小心翼翼地想取悦于别人时，你对于别人真正或是假想的不欢迎过分敏感时，你就会有过度的否定反馈、压抑以及不良的表现。

无论何时，你不断有意地监视你的举止、言词、态度时，你一样会显得抑郁并且神经过敏。

过分谨慎也使你无法好好表达，它只会闭塞、限制、抑止你创造性的自我，而使你给别人以一个不良的印象。

使别人对你产生良好印象的方法是：绝对不要有意地"想"让别人对你产生好印象，绝对不要为了有意构想的效果而行动或不行动，绝对不要"猜疑"别人对你有什么印象或别人如何评论你。

爱默生在他那篇著名的散文《论自信》中写道："在每一个人的教育过程之中，他一定会在某时期发现，羡慕就是无知，模仿就是自杀。不论好坏，他必须保持本色。虽然广大的宇宙之间充满了好的东西，可是除非他耕作那一块给他耕作的土地，否则他绝得不到好的收成。他所有的能力是自然界的一种新能力，除了他之外，没有人知道他能做出什么和知道些什么，而这都是他必须去尝试求取的。"对此，伊笛丝·阿雷德太太的体会是非常深刻的。

伊笛丝·阿雷德太太从小就特别敏感而腼腆，她的身体一直太胖，而她的一张脸使她看起来比实际还胖得多。伊笛丝有一个很古板的母亲，她认为把衣服弄得漂亮是一件很愚蠢的事情。

她总是对伊笛丝说："宽衣好穿，窄衣易破。"而母亲总照这句话来帮伊笛丝穿衣服。所以，伊笛丝从来不和其他的孩子一起做室外活动，甚至不上体育课。她非常害羞，觉得自己和其他的人都"不一样"，完全不讨人喜欢。

长大之后，伊笛丝嫁给一个比她大好几岁的男人，可是她并没有改变。她丈夫一家人对她都很好，也充满了自信。伊笛丝尽最大的努力要像他们一样，可是她做不到。他们为了使伊笛丝开朗而做的每一件事情，都只会令她更退缩到她的壳里去。伊笛丝变得紧张不安，躲开了所有的朋友，情形坏到她甚至怕听到门铃响。伊笛丝知道自己是一个失败者，又怕她的丈夫会发现这一点，所以每次他们出现在公共场合的时候，她假装很开心，结果常常做得太过分。事后伊笛丝会为这个难过好几天。最后不开心到使她觉得再活下去也没有什么道理了，伊笛丝开始想自杀。

后来，是什么改变这个不快乐的女人的生活呢？只是一句随口说出的话。

她的婆婆正在谈她怎么教养她的几个孩子，她说："不管事情怎么样，我总会要求他们保持本色。"

"保持本色！"就是这句话！在那一刹那之间，伊笛丝才发现自己之所以那么苦恼，就是因为她一直在试着让自己适合于一个并不适合自己的模式。

伊笛丝后来回忆道："在一夜之间我整个改变了。我开始保持本色。我试着研究我自己的个性，自己的优点，尽我所能去学色彩和服饰知识，尽量以适合我的方式去穿衣服。主动地去交朋友，我参加了一个社团组织——起先是一个很小的社团——他们让我参加活动，使我吓坏了。可是我每发言一次，就增加了一点勇气。今天我所有的快乐，是我从来没有想到可能得到的。在教养我自己的孩子时，我也总是把我从痛苦的经验中所学到的结果教给他们：'不管事情怎么样，总要保持本色。'"

詹姆斯·高登·季尔基博士说："保持本色的问题，像历史一样的古老，也像人生一样的普遍。"不愿意保持本色，即是很多精神和心理问题的潜在原因。

归根结底说起来，成就都与本人的实际潜能有关。你只能唱你自己的歌，你只能画你自己的画，你只能做一个由你的经验，你的环境和你的家庭所造成的你。你没有必要去和别人比，自己的路只能靠自己去走，不论好坏，你都得自己创造自己的花园；不论好坏，你都得在生命的交响乐中，演奏你自己的乐器。

3. 保持本色的人才能做到忠于自己

忠于自己，也就是积极地评价自己。就拿李云龙来说，不管在别人眼里他有多少毛病，他都始终自我感觉良好，始终认为自己是对的。这让他显得很自负，甚至有时候有点霸道，但这也让他看问题做事情高度自信。

其实有时我们过分压抑自己，会使我们迈向另一条岔路。一个人的错误永远犯不完，人生的负担你想多重就有多重，应该像李云龙那样努力在个性张扬中活出属于自己的精彩。

生活中，许多人喜欢追求完美，但真正的完美没有几个人能追求到，于是就有了遗憾，有了痛苦，有了失落感。其实这大可不必，因为生活本来就没有绝对的完美，只有正确地评价自己，看到自己的优点和长处，你才能够拥有不断进取的勇气和力量。

成功者总是这样认为："我喜欢我自己。我就是我。没有比这更美好的了，包括我的出生、我的生长，我因为我就是我而庆幸。无论我生在什么时代，我都不愿成为别的什么人，而只愿成为自己。"正是这种凡事向前看的思考方法，才会使人积极地进行自我评价。当然，这种善于自我肯定的思考方法，并不一定是天生的。它也是在日常生活中通过不懈地修炼而来的。人们不仅从有所成就的父母那里继承，还会从优秀的老师、前辈、朋友那里得到鼓舞和勇气，受到启示。在接受长期教育的基础上，才成为有自信心的人。

并不是缺点使人们的演讲、艺术作品或个性显得失败。狄更斯的小说里有不少过度矫情的地方；莎士比亚的戏剧里也有许多历史和地理上的错误。但人们读他们的作品时，没人会注意这些缺点，这些作品之所以会闪耀着不朽的光辉，是因为它们的优点十分显著，以至连缺点都变得不重要了。人们爱自己的朋友，是因为他们的种种优点，而不是缺点。

把注意力放在自身的优良品质上，培养优点，克服弱点，认识到你的一生都是在前进，在开发自我。有了这种认识，然后加以坚持不懈的努力，这样才能不断进步，并自我实现。

遗憾的是，生活中总有些消极的情绪影响我们做出正确的自我评价。精神病理学家巴纳德·赫兰博士曾对那些少年犯做过如下评述："初见他们时常给人以独立心极强的印象，富于反抗，对父母、教师、警察等象征某种权力的人怀有嫌恶感，并对一切都表示不满和不服。然而在他们过度防御的坚实盔甲下面隐藏的却是一颗极其柔弱易碎的心灵。实际上他们在任何时候都希望依赖某个人。"

当我们犯下一些错误或是失去生活中的某种机会时，总是习惯于向别人抱怨。要知道，这种向别人诉说你不喜欢自己的地方，只能是加强你继续对自己的不满，因为别人对此几乎总是无能为力的，至多只能加以否认，可你又不会相信他们的话。向别人抱怨是无济于事的，只有自己给予自己一个积极而且比较客观的评价，才有利于你的进步。

有了对自己的正确评价，你就会懂得真正的自我不在于形式的表现，而是种内心的强大力量。诺贝尔和平奖获得者鲍尔奇曾经受托为一个晚宴确定宾客座次,要使所有有身份的人都感到满意,这件事确实会令人为难,即使对一个专业的礼仪公司来讲也不大好办。而鲍尔奇运用自己独特的办法去做这件事。在宴会前,他告诉大家,请宾客自便,喜欢坐在哪儿就坐在哪儿,他说:"真正重要的人都是不在乎别人怎么看待自己的人,而在乎的人都是不重要的。"

我们应该承认这样一个事实:"人是具有个性的存在",此外我们还可以这样理解:"世界上的任何人,都应该享有发挥自己才能的平等权利。"

在莎士比亚的《哈姆雷特》中,宰相波洛涅斯这样说:"最最重要的是忠于你自己。你只要遵守这一条,剩下的就是等待黑夜与白昼的交替,万物自然地流逝;倘若果真有必要忠于他人,也不过是不得不那样去做。"

4. 特立独行才能走出自己的路

一个八路军独立团的团长,率领成千上万人马攻打日军占领的一座县城,却是为战友报仇并夺回自己新婚的妻子。李云龙的胆大妄为是出了名的,但正是靠这种胆大妄为、特立独行的做事风格,他走出了一条自己的道路。

在现代社会，要参加激烈的竞争，最忌讳跟在别人的屁股后面随大流，虽然这样看上去比较保险，不会损失你的一分一毫，但是，人走我随，亦步亦趋，将永无成功之日，只会被现实所淹没。只有让自己变得与众不同，你才能够离开别人走熟的途径，闯入一个新的境界。

古希腊有一个"戈迪阿斯之结"的故事：

凡是来到弗里吉亚城的朱庇特神庙的外地人，都会被引导去看戈迪阿斯王的牛车。人们都交口称赞戈迪阿斯王把牛轭系在车辕上的技巧。

"只有很了不起的人才能打出这样的结。"其中有人这样说。

"你说得很对，但是能解开这结的人更加了不起。"庙里的神使说。

"为什么呢？"

"因为戈迪阿斯不过是弗里吉亚这样一个小国的国王，但是能解开这个结的人，将把全世界变成自己的国家。"神使回答。

此后，每年都有很多人来看戈迪阿斯打的结子。各个国家的王子和政客都想打开这个结，可总是连绳头都找不到，他们根本就不知从何着手。戈迪阿斯王死了几百年之后，人们只记得他是打那个奇妙结子的人，只记得他的车还停在朱庇特的神庙里，牛轭还是系在车辕的一头。

有一位年轻国王亚历山大，从隔海遥远的马其顿来到弗里吉亚。他征服了整个希腊，他曾率领不多的精兵渡海到达亚洲，并且打败了波斯国王。

"那个奇妙的戈迪阿斯结在什么地方？"他问。

于是他们领他到朱庇特神庙，那牛车、牛轭和车辕都还原封不动地保留着原样。

亚历山大仔细察看这个结。他对身边的人说:"过去许多人打不开这个结,都是陷入了一个窠臼,都认为只有找到绳头才能将结打开,我不相信,我不能打开这个结。我也找不到绳头,可是那有什么关系?"说着,他举起剑来一砍,把绳子砍成了许多节,牛轭就落到地上了。

亚历山大说:"这样砍断戈迪阿斯打的所有结子,有什么不对?"

接着,他率领他那人马不多的军队去征服亚洲。

没有人能够因仿效他人而获得成功。哪怕他是仿效一个伟大的成功者。成功不能从抄袭、模仿中得来。成功是必须经过创造完成的。一个人一旦丧失自我,他就会失败。

生存的道理也是这样,比如选择职业,我们身边的每种职业,都有可以改进的余地。有创造力的人,永远不怕没有用武之地。

有一位叫刘耀庭的人就有一绝——为小提琴诊断看病,经他的手给以"针刺",小提琴立刻变得音色美妙,令世人称奇。刘耀庭的这手绝活就是自己摸索出来的。他大学毕业分到北大荒一个农场工作。他学的是中文,搞过美学。后来,他开始沉湎于对小提琴的起源和发展,研究三百年来世界音乐界对小提琴美妙音色的来源和各种争议。之后他开始作动态研究,从刮削琴体的各个部位入手,探寻琴板厚薄与音色之间的关系。时间长了,琴板刮削之后显露出的一道道清晰而又神奇的纹理引起了他的注意。他试探着改变某些木纹结构,结果一种奇特现象发生了,相关的琴音发生变化。经过多次摸索,他终于把握住了琴板木纹和琴声之间关系的规律，练出了一手通过改变纹理纠正琴音的绝技。

刘耀庭的绝技引起音乐界的注意，他被请到中央音乐学院音乐厅，有几位专家教授想亲眼看看他的"针刺疗法"。他们随意将一把小提琴递给他，只见他对琴背部的木纹做一番细致观察之后，就诊断出这把琴音色的毛病。他手握一把小钢锥，在缜密的木纹之间确定穴位，然后进行"针刺"，轻轻敲打。几番功夫下来，被"针灸"过的小提琴的音色即刻变得优美起来，犹如换了一把琴似的，把专家们惊得目瞪口呆。他的技艺堪称"神州一绝"，自然为他赢得了成名的机遇，从此他在音乐界成了奇人、名人。

刘耀庭就是在一个冷门中钻出成绩，形成绝技，在这个领域中创造出无人匹敌的独到优势，成了难得的人才。自然，这绝技也就成为赢得机遇的资本。可见，从捕捉成功机遇的角度看，走别人没有走过的路，在冷门上建立优势是十分容易出成果的。

李云龙、亚历山大、刘耀庭这样的人从来不担心自己的主张或计划没有先例可援，虽然年纪轻轻，阅历不多，不一定会为人所尊重。但他们相信凡是能够将自己的创造力奉献给世界的人，凡是敢用自己的思想，敢用自己的见解和方法行事的人，最容易获得成功并被人们所接受。

5. 理直气壮地收获属于自己的东西

在《亮剑》中有这样的描写：李云龙的部队打了胜仗以后，心安理得地享受从敌人手里缴获的东西。有一次，他们作为先头部队歼灭敌人后，把缴获的大量物资封存。有一支兄弟部队想接收这批物资，被李云龙毫不客气地顶了回去。用他的话说，"有能耐自己去缴获，那才是汉子。"由此，李云龙的部队成了有名的"两头冒尖"的部队：打仗"嗷嗷叫"，享受战利品也是"嗷嗷叫"。

为了付出而要求回报，在李云龙看来，这是天经地义的事情。但看看我们身边，有的人偏为此吃不香、睡不着，想方设法为自己张罗一个假面具戴上，让外在的、形式的东西迷住了自己的双眼。其实有时候，实实在在地就是最简单的。

丘吉尔说："没有人希望做个失败者，每个人都有责任去争取胜利。"其实不仅有责任，而且有权利去争取胜利。只要我们在以正确的手段维护自己的权利，就没有必要为了胜利而内疚，更没有必要假装不自私。因为每个人辛勤地耕耘都是为了要有所收获，而付出也理当得到回报。

在我们的周围总有一些人，他们在工作上任劳任怨，在生活上严谨自律，各个方面都达到了社会规范的基本要求，在领导眼里往往也算是很听话的人，在群众中形象也是公认的好。然而，就是这样的人却总是吃亏。也就是说，遵守规则的人并没有得到奖励，而违背规则者却获利甚丰。这种现象看似不正常，但却很普遍地发生在我们的身边，久而久之，反倒成为正常现象。为什么老实人总是吃亏？这与其羞于争取自己分内利益的行为有着直接的关系。

好多人耻于在单位、在领导和同事面前争取自己的利益，总是千方百计借显示利他精神或装出对一切都无所谓的样子来掩饰内心潜藏的自私。在他们的感觉里，被大家认为"有利他的精神"，甚至比赢得一定利益更加重要。

老实人极端重视道德和规则，他们认为，自己去争取利益这件事本身不符合道德标准。而误以为有好的用心、好的行为就必然会有好的结果，也就是说，只要自己做了工作，有了成绩，群体（包括组织和领导）自然就会安排自己的利益。因此没有必要去争取利益。而且谁也没有必要假装自己不自私，其实每个人都很自私，无须采用不必要的手段来证明它不存在。

每到年终，老刘的单位都要搞一次大张旗鼓地"评优活动"，被评上"优"的人不仅可以获得一份很丰厚的奖品或奖金，而且连续三年获此殊荣的人便可长一级工资，自然是人人都很关注这一时刻。而这次评优的这几天，老刘却想方设法找个理由不参加科里的评议和选举，因为老刘平时工作勤勤恳恳、任劳任怨是大家有目共睹，而且能力强、人缘好，所以这些"优秀"、"先进"之类的荣誉总能轻易落到他头上。可老刘却越来越不愿再"闪亮登场"了，一来荣誉老是被自己一个人把着，未免显得自私；二来"优秀"的名额有限，有自己的便没别人的，光是点奖品、奖状倒也罢了，现在又跟涨工资挂起了钩，大家谁不在意？自己怎好意思老不给其他同事机会呢？前两次获得了荣誉之后，同事们都会鼓动他"表示，表示"，因为在他们看来老刘的"好运"是大家"捧场"的结果。老刘干脆借故不要参加评选，免得有人不想再投自己的票又碍于本人在场不好意思不投。

老刘的问题就在于对待利益的态度不对头，因为对他而言，争取利益是自私的表现，赢得了利益会让他觉得"不好意思"。然而，类似于老刘的这种"不自私"的"道德之举"，却带来了一系列的不良后果，这大概是他们所始料不及的。

就个人而言，不去争取应争之利益，往往会有以下后果：

第一，使自己的生存能力显得不足。我们都是生活在世俗社会中的平凡人，我们要活下去，就必须有一定的物质基础作保障，没有这些东西或者获取不足，生活就会出现困难。这是一个非常现实的问题，道德正义感并不能一劳永逸地解决肚皮咕咕叫的问题。如果你羞于争利，使应涨的工资未涨，应分的房子未分，应升的级别未升，势必会使自己的生活质量受到影响，并且，这种影响往往并不单单涉及一个人，其小集体的其他成员，特别是家庭成员也将跟着受害。

第二，对自己事业的长期发展不利。老实人有理想、有抱负、有公正心和正义感，这很值得提倡，但千里之行始于足下，万丈高楼平地起，通往理想的路就像是登山的石径，必须一个台阶一个台阶地攀登，必须有一定的实力作积淀。如果你羞于争利，就等于是少登了一个台阶，而有些时候，少登一个台阶就会错过一系列的机遇，这样少登一个台阶事实上很可能就相当于少登了十个甚至是上百个台阶。无疑，这对老实人事业的长期发展是极为不利的。

第三，自己该得之利而未得到，会影响情绪和心情。人非草木，孰能无情？自己受到不公正的待遇，自然要感到恼火、窝心，生气、烦闷自是不可避免，这当然要影响自己的工作和生活，对身体健康也颇为不利。可见，羞于争利，失去的不仅仅是一种利益，它会有一系列的负面后果，对此我们应有足够的认识。

而从对社会的角度来看，这种"不自私"的做法其实是助纣为虐，有道德之心，而生非道德之果，正所谓播下的是龙种，收获的却是跳蚤。

不争应得之利，反使不应得者从中获益。实际上，老实人只讲独善其身，不争取正当利益的行为，这是对恶的一种纵容，客观上造成了助长不正之风的结果。

所以我们说，属于自己的利益，就应当理直气壮地去争取，这既是对自己的负责，也是对社会公正法则的维护。你没有必要去努力地扮演所谓"大公无私"的好人，也大可不必过分理睬那些带着酸葡萄口气的同事们，如此，你才能感受到真正的快乐与成功。

第三章
赌气、生气不如自己争口气

在《亮剑》中,独立团政委赵刚同样是个敢于亮剑的人,初到独立团时,因为他的高学历背景和文弱的外表,很不对李云龙的胃口,受到李云龙不少刁难。但赵刚不仅没有像几位前任一样被气走、赶走,反倒成了李云龙的绝佳搭档和生死相交的朋友。有些事情你生气、赌气是没有用的,恰当的做法是用正确的方法为自己争一口气。

1. 找出自己的劣势并改变它

把一个白面书生放到一伙如狼似虎的大兵堆里会怎样?这个书生恐怕不但有理说不清,还会被当成"软茄子"。赵刚却创造了一个奇迹,他成功赢得了"刁钻"的李云龙的尊敬,付出的代价就是"入了贼窝"——他也学会了喝酒骂人。赵刚是个聪明人,他懂得磨平自己不受士兵欢迎的特质才能融入群体的道理，而这个道理你也应该懂得。

赵刚的做法，就好比易筋经的功夫，在少林七十二绝技中，最上乘的武功莫过于易筋经了。这是一门绝顶的内功，它可以使人周身血脉贯通，除去了僵化不通的弊病，故而能使人的一招一式发挥出极大的威力。

这里的易筋经是要找出自身的各种症结，然后一一化去，从而达到通畅灵活的效果。一个人赌气之后一而再再而三地落得个不争气，那就说明自身存在问题，要设法找到症结改变自己。我们发现，一般人大多存在以下的一些缺点，倘若克服的话，定能收到易筋换骨的奇效，然后再行走于社会之上，就有了更为扎实的成事根基。

第一，热情不足。

黑格尔说："没有热情，世界上没有一件伟大的事能完成。"美国的《管理世界》杂志曾进行过一项测验，他们采访了两组人，第一组是事业有成的人事经理和高级管理人员，第二组是商业学校的优秀学生。

他们询问这两组人，什么东西最能帮助一个人获得成功，两组人的共同回答是"热情"。

热情之于事业，就像火柴之于汽油。一桶再纯的汽油如果没有一根小小的火柴将它点燃，无论汽油质量再怎么好也不会发出半点光，放出一丝热。而热情就像火柴，它能把你拥有的多项能力和优势充分地发挥出来，给你的事业带来无穷的动力。

如果一个人没有热情，就不会激发他自身的诸多能力。而且给人一副心灰意冷，没什么前途的印象的人，别人也会弃你而去的。

第二，适应能力差。

能否适应不同的环境关系到一个人处理压力的能力，这是因为人的压力主要发生在他进行变革的时候。成功者不仅有能力去适应变革，而且能促进变革。

适应能力的本质，就是参加冒险的能力。高水平的成功者知道，转变与冒险是同时存在的，对成功者来说，顺时地转变不仅是时势所迫，而且往往是必不可少的。因而一个人如果要想获得成功，就一定要能够适应各种变革。

第三，缺乏自信。

独木桥的那边是一种奇境，有各种果实，诱人前往，自信的人大胆地过去采摘自己想要的果子，而缺乏自信的人却在原地犹豫：我是否能走过去？——而果实，早已被大胆行动的人先行一步，收入囊中了。

自己都信不过自己，别人怎么能相信你？任何一个成功者都是非常自信的人。强烈的自信心，不仅能振奋自己的勇气，也会在气势上压倒对手，在许多时候会取得意想不到的效果。没有机遇或没有条件尚有情可原，如果是因为缺乏信心而失掉脱颖而出的机会甚至导致失败的话，实在是非常可惜、可怜、可悲的事情。

第四，自负。

人不能不自信，但同时也不能太过自信，否则就成了自负了。就会对自己不切实际地评价，别人也会认为你是个妄想狂，也不会很好地与你相处的。

美国的威特科公司总裁托马斯·贝克曾经说过：你可以聘到世界上最聪明的人为你工作。但是，如果他孤芳自赏，不能与其他人沟通并激励别人，那么，他对你一点用处也没有。

实际上这段话也可以这么理解："你可以是世界最聪明的人，但是，如果你孤芳自赏，过于自负，不能与其他人沟通并激励他人，那么，你一点用处也没有，不可能获得成功。"

自负可能使你听不进别人意见，固执己见，一意孤行，而一旦走入死胡同，你就追悔莫及了。

第五，用心不专。

从小，我们就学到了"三心二意"这个成语，并且，很可能每个人都防止成为三心二意的人。但是，你真的做到了吗？

无论做任何事，"三心二意"都是不可取的，不把全部精力集中在你要做的事情上，而去想其他无关紧要的事情，三心二意，必定会在你想的事上分散精力。而一个人的精力是有限的，没有足够的精力投到事业上去，那么这项事业肯定是难成气候。专心致志的人总是受到人们的赞赏，他的事业往往也会比三心二意的人成功的机会大。

把你的意志集中于现在时刻，就会产生巨大的能量，就如聚集在一起的光束可以点燃一切，假如你能专心致志于你现在正在进行的事业上，你也会走向成功。

第六，意志不坚定。

成功者之所以能够成功，就在于他们顽强地在自己的事业上坚持下来。

美国社会学家特莱克考察了许多成功人士,发现他们具备一个共同点:那就是坚韧不拔的精神。

"亚洲影业皇帝"邵逸夫先生就是一个意志坚定、具有坚韧不拔精神的事业有成的典范。

他原是一家漂染厂老板的儿子,但他喜欢电影业,他当时想,要发展未来的电影事业,在电影市场的竞争中获得优势和成功,就要认定自己的方向,坚持自己的目标,勇敢地走下去。

邵逸夫首先买下了一家戏院,开始了他的创业之路。由于当时军阀混战,公司被迫迁往新加坡。

后来,战争使他在各地多年苦心经营的事业毁于一旦,但他没有退缩,以他坚韧不拔的毅力苦撑到战争结束。又在战争废墟上重建自己的事业。是邵先生的顽强精神和坚韧不拔的意志使他的事业再一次获得成功。

成功取决于坚持不懈的努力,正如一位哲人所说,在道路的每个拐弯、曲折的地方,我们必须坚持住,因为绕过下一个拐弯,下一个曲折,可能就是我们成功地指南。

第七,浪费时间。

有效利用时间就是能够在一定时间内完成更多的事情。有效地利用时间并不是节省时间。实际上,时间是没法节省的。因为不管你如何用它,时间总是一样会过去的。人们所能做的,只是更有效地运用时间来达到自己的目标。

成功者为了避免浪费时间,在工作和竞争斗争当中往往采用医院的"紧急治疗类选法"来处理问题，即指定一个优先照顾的顺序。把生存希望仍很小的病人，放在最后处理。对存活率高的那组人，最先处理。

不仅时间，其他方面的道理也是相通的，最大限度、最有效地利用你的资源，定会事半功倍。

第八，过于依赖机遇。

机遇是非常重要的，比如在美国："那些在19世纪下半叶控制美国企业的实力雄厚的资本家只是些寻常的人物，只是他们用以获取财富的技术手段已经改变了。"那些重要的企业家之所以能出人头地，是由于他们抓住了机遇，那个时期的美国是不乏机遇的。

如果当初他们不去冒险的话，这种机会很可能被别人得去。这些实力雄厚的实业家左右着他们的时代，而时代也赋予他们纵横驰骋的舞台。

然而，抓住机遇，但不要迷信机遇，机遇并不是见谁爱谁的，她总是垂青于那些有所准备的人。

人们总是认为机遇对每个人都是平等的。但事实上并没有绝对平等的机遇，如果只是消极地等着机遇光顾，而不去主动出击，通过自己的努力创造机会，那么，等来的也只会是一场空。

而过分地依赖机遇，往往会使一个人平生懈怠心理，不愿再扎扎实实地努力，是很有害的。

所以，对于机遇，你一定要抱有正确的态度，要以清醒的头脑，敏锐的洞察力去审视周围，有机遇则大干一场，时不利己，则灵活对应。

第九，情绪悲观。

对一个企业来说，一个政府部门来说，乐观和热情就像减少摩擦的润滑剂一样。

乐观能使人对新的选择或方案持开放的心态，能够使人以一种愉快的心情和积极心态来看待和处理他所面对的问题。

相反，情绪悲观，则让人始终沉浸在郁闷、消极的心境里，对于出现的问题也无心去解决了。

在你周围，每个人的能力不会相差得太悬殊，每个人的机遇也是大致均等的。因此，在你的集体，你总想取得竞争的胜利，占据竞争的优势，这个想法是不太正确的，也不大可能。你如果暂时受挫，你不妨笑着面对现实，并且向你的对手表示友好和祝贺，这既能在你的合作者中显示出大将风度，又能树立战胜失败的信心。

2. 生气，倒不如利用潜规则

李云龙确实是一个另类的八路军军官，一方面他是刚毅不屈的好汉，一方面又能跟敌对军官嬉皮笑脸地称兄道弟。他的做法看起来令人费解，其实这正是他的过人之处。他懂得灵活地适应环境，同时又不放弃自己的原则，在与敌军官套近乎时，他始终在心里保持高度警惕，圆滑不过是一种保护色而已。生活中，我们也应该学学李云龙的这种看似矛盾的处世方法。

不知大家是否注意到，在我们的一生中，总是存在着两套截然不同而又很难分出孰是孰非的行为规范。例如，有"威武不能屈，富贵不能淫"，又有"大丈夫能屈能伸"、"好汉不吃眼前亏"；有"君子坦荡荡，小人长戚戚"，又有"逢人只说三分话，未可全抛一片心"；有"学无止境"，又有"知足常乐"；有"兼济天下"，又有"独善其身"等。

不仅在思想和认识层面上是这样，就是在历史上，也存在着一种令人捉摸不透的现象：好人命不长久，坏人一生平安；忠臣常遭杀戮，佞臣飞黄腾达；耿直者事事不顺，投机者一路绿灯。还有"好人办坏事"、"善行达恶果"、"越要面子越丢脸"等等常见的现象。而且，古今伟人当中，有的人既是伟大仁慈的，也是渺小冷酷的。秦始皇，既有"华夏一统"、"万里长城"等丰功伟绩，也有"焚书坑儒"、大肆杀伐等残酷行径；汉武帝，既有北击匈奴、安民生息的壮举，也有宠信奸佞、杀妻灭子的昏庸。翻开二十四史，随处可见这样截然矛盾的行为集中在一个人的身上，使我们常常感到困惑，也促使我们思考：我们到底应该怎样确定我们的行为规范，怎样看待这些人的所作所为呢？

儒家经典所说的似乎与社会现实背道而驰，伦理道德规范也似乎专为"小民"而立，有些人似乎永远不会"照章办事"。

这就引进了一个矛盾：在这个世界上，究竟该遵循哪一套规范呢？

到底应该怎样为人处世呢？

其实，中国古人对这一些问题早有结论。韩非子就提出过法和术的概念。法，就是天地自然之法，就是道德正宗，大家都遵守，是公之于众的东西；术，是办事的技巧，个人的方式和过程中的变通。说白了就是提出一个大家都同意的目标，以各种手段和技巧来达成。

后来又有西方的马基雅维里，目标与手段的分离，为了达成目标，可以不择手段。这就承认了目的与手段在道德层面上的分离。

"矛盾着的各方面，不能孤立地存在……没有生，死就不见；没有死，生也不见。没有上，无所谓下；没有下，也无所谓上。没有祸，无所谓福；没有福；也无所谓祸。没有顺利，无所谓困难；没有困难，无所谓顺利。"

由此，我们不难看出，上面的两种行为规范，本身就是对立统一、互为存在前提的。它们之间的矛盾。决定了一个人的进步，一个社会的发展。无论谁想抛开一个，信奉另一个，都会碰得头破血流，正确的方法只能是根据客观情况的变化而变化。

"事物内部矛盾着的两方面，因为一定的条件而各向着自己相反的方面转化了去，向着它的对立方面所处的地位转化了去。"

这一原理告诉我们，两种行为规范，不存在绝对的对错，它们在一定的条件下可以互相转化到另一方。如善可以转化为恶，战争可以转化为和平，卑鄙可以转化为崇高，英雄可以转化为小人，等等。

儒家经典所告诉我们的行为规范，只是人性的一个方面，人性的另一方面，就是法家代表韩非子告诉我们的"趋利避害"。对于人性的各方面界定，派生出各种不同的理论和行为规范。儒家认为"人之初，性本善"，法家认为"人之初，性本恶"，在实际应用中，我们只能扬善弃恶。

3. 做事情要有股韧劲儿

无论从哪方面看，李云龙都是一个颇能耍赖皮的主儿，与政委赵刚比起来少了一点"傲气"。不过很多时候，要办事还真得有点赖皮脸的劲头。比如楚云飞向李云龙讨要被缴去的军械给养时，李云龙就耍了赖皮，弄得楚云飞急不得、恼不得，枪械到底被赖了去。做事情不是做学问，有时一本正经起不了作用，耍耍赖皮，事情反倒好办了。

有些人脸皮太薄，自尊心太强，经不住拒绝的打击，只要略一受阻，他们就脸红，感到羞辱、气恼，拂袖而去，再不回头，甚至与对方争吵闹崩。表面看来这种人似乎很有几分"骨气"，其实这是心理素质过于脆弱的表现，只顾面子而不想千方百计达到目的的人，很难办成事情，对事业的发展更是不利。

因此，我们在办事时，不要抱着自尊不放，为了达到目的，必须增强抗挫折的能力，碰个钉子脸不红心不跳，不气不恼，照样笑容可掬地与人周旋，只要还有一丝希望就要全力争取，不达目的决不罢休。有这种缠住不放的意志，才能把事情办成。

另一方面，软缠硬磨消耗的是时间。而时间恰恰是一种办事武器。时间对谁都是宝贵的。人们最耗不起的是时间。所以，如果你以足够的耐心，摆出一副"打持久战"的姿态与对方对垒时，就会对对方的心理产生震慑，足以促其改变初衷，加快办事速度。所以，你要沉住气，耐心地牺牲一点时间，这样就可以争取到更多的时间。

有个拉保险的业务员，到一家餐厅拜访餐厅老板，老板一听到是保险公司的人，笑脸倏地收了起来。

"保险这玩意儿，根本没用。为什么呢？因为必须等我死了以后才能领钱，这算什么呢？"

"我不会浪费您太多的时间，您只要给我几分钟的时间让我为您说明就好了！"业务员并不后退。

"我现在很忙，如果你的时间太多，何不帮我洗洗碗盘呢？"

老板本来原是以开玩笑的口吻戏谑他，没想到年轻的保险员真的脱下西装外套，卷起袖子开始洗了。老板娘吓了一跳，大喊：

"你用不着来这一套，我们实在不需要保险！所以，不管你怎么说，怎么做，我们绝不会投保的，我看你还是别浪费时间！"

这个业务员每天都来洗碗盘，老板依旧是铁石心肠地告诉他：

"你再来几次也没用，你也用不着再洗了，如果你够聪明，趁早找别家吧！"

但是这位有耐心的业务员依然天天来洗，十天、二十天、三十天过去了。到了第四十天，这个讨厌保险的老板，终于被这个青年的耐心打动了，最后答应他投高额保险，不仅如此，而且还替这位有耐心的年轻业务员介绍了不少桩生意。

俗话说："人心都是肉长的。"不管双方认识距离有多大，只要你耐心周旋，缠住别放，用行动让对方感到你十分有诚意，就会促使对方去思索，进而理解你的苦心，从固执的框子里跳出来，那时你就将"缠"出希望了。

4. 困境只有先适应才能后利用

李云龙是一个老兵，参加过长征，经历了十四年抗战，受到的苦、遭遇的困境不计其数。但他从不抱怨，他知道这是自己军旅生涯的一部分。也正是因为他首先适应了这一切，他才能有效地利用现有条件追求自己的成功。

在日本，一个世代采珠家庭的女儿要赴美留学，临行前，她勤劳淳朴的母亲送给她一颗晶莹的珍珠，并给她讲了一番意味深长的话："……当我们把沙子放进蚌的壳里时，蚌觉得非常的不舒服，但是又无力把沙子吐出去,所以蚌面临两个选择,一是抱怨,让自己的日子很不好过,另一个是想办法把这粒沙子同化,使它跟自己和平共处。于是蚌开始把它的精力营养分一部分去把沙子包起来。

"当沙子裹上蚌的外衣时,蚌就觉得它是自己的一部分,不再是异物了。沙子裹上了蚌成分越多,蚌越把它当作自己,能越能心平气和地和沙子相处。"

母亲启发她道:蚌并没有大脑,它是无脊椎动物,在演化的层次上很低,但是连一个没有大脑的低等动物都知道要想办法去适应一个自己无法改变的事实,把一个令自己不愉快的异物,转变为可以忍受的自己的一部分,人的智能怎么会连蚌都不如呢?

尼布尔有一句有名的祈祷词说:"上帝,请赐给我们胸襟和雅量,让我们平心静气地去接受不可改变的事情;请赐给我们勇气,去改变可以改变的事情;请赐给我们智能,去区分什么是可以改变的,什么是不可以改变的。"

如同这位哲人所祈求的那样,下面这个故事的女主角瑟玛·汤普森,一个无意间成了作家的女性,证明了适应困境并利用它所能享受的快乐和自豪。

"在战时,"她说起她的经历,"我先生驻守在加州莫嘉佛沙漠附近的陆军训练营中。我为了能和他接近一点,也搬到那里去住,我很讨厌那个地方,简直是深恶痛绝。我从来没有那样苦恼过,我先生被派到莫嘉佛沙漠去出差,我一个人留在一间小小的砖屋里,那里热得叫人受不了——即使是在大仙人掌的阴影下,也还有华氏125度的高温。除了墨西哥人和印第安人之外，没有人可以和你谈话，而那些人又不会说英语。风不停地吹着，到处都是沙子！

"我当时真是难过极了，写了一封信给我的父母，告诉他们我的苦处，要回家。我说我连一分钟也待不下去了。父亲回信了，只有两行字，但这两行字却在我生命中起了无比重要的作用，你无法想象，它改变了我的一生。

"'两个人从监狱的铁栏里往外看，一个看见烂泥，另一个却看见了星星'。

"我把这两行字念了一遍又一遍，自己觉得非常惭愧。我下定了决心，一定要找出在当时的情形之下还有什么好的地方。我要去发现那些星星。

"我和当地的人交上了朋友，他们的反应令我十分惊奇。当我表示对他们所织的布和所做的陶器感兴趣的时候，他们就把那些不肯卖给观光游客的东西送给我作礼物。

"是什么使我产生这样惊人的改变呢？莫嘉佛沙漠丝毫没有改变，那些印第安人也没有改变，可是我变了，我改变了我的态度。在这种变化之下，我把一些令人颓丧的境遇变成我生命中最刺激的冒险。我所发现的这个崭新变化使我感动，也使我兴奋，我高兴得为此写了一本书——一本名叫《光明的城垒》的小说……我从自己设下的监狱往外望，我找到了星星。我也找到了自我存在的意义和生活的真正含义。"

蚌适应接受沙粒的结果，是把它变成了美丽的珍珠；瑟玛·汤普森女士，她的积极的适应，不但为自己的生活带来了乐趣，也带来了上帝赐予的意外惊喜。如果把困境比作监狱，我们从铁栅栏里往外望，悲观和抵触的情绪将使我们看到烂泥，而换一种心态，换一种途径，将会看到美丽的星星。这也让我们理解了李云龙和他的战士们为什么能在那样的艰难困苦中仍能精神饱满，保持旺盛的战斗力。

5. 用骨气挫败狂妄的对手

有时候，尽管你力量不济，用骨气——仅仅是骨气就能挫败蔑视你的狂妄的对手。在电视剧《亮剑》中有这样一个情节，李云龙手下的骑兵连在与日本骑兵的交锋中全军覆没，仅剩被砍掉一条胳膊的连长一人。面对成群的日军，这位连长仍然毫不畏惧地跃马扬刀冲了过去。他倒下了，但他的骨气、他的大义凛然却让敌人肃然起敬。

其实我们平常不大注意的是，骨气对一个人是多么重要，它能让一个弱小者霎时变得高大起来。

大卫的叔叔是一个农庄的庄主，拥有不少的黑奴。有一天下午，大卫和叔父在磨坊里磨麦，正当他们磨得不可开交的时候，磨坊的门静静地被打开了，一名黑奴的孩子走了进来。叔父回头看了看，语气恶劣地问她:"什么事?"

那女孩声清气朗地回答:"我妈让我向您要五毛钱。"

"不行!你这个黑奴崽子,穷鬼,你回去!"

"是。"女孩率直地应着,可是一点也没有离开的意思。

大卫的叔叔只专心埋头工作,根本没察觉她还站在那儿,好不容易再度抬起了头,才看到女孩还静静地站在门口,他火了,大声赶她:

"我叫你回去,你听不懂啊!再不走,我让你好看!"

女孩依旧应了声:"是。"但却仍然动也不动地站在那儿。

这可真把大卫的叔叔恼得火冒三丈,重重放下手头的一袋麦子,顺手抓起了身边一把秤杆,气愤难当地往门口走去。大卫看了叔叔那副难看的脸色,再想想整个事件的过程,料到一定会发生严重的事情了。

然而,那个女孩毫无惧色,不等叔叔走去,反先迎着他踏前一步,凛然的眼神眨也不眨地仰视着凶恶的主人,斩钉截铁地说道:

"我妈说无论如何都要拿到五毛钱!"

大卫的叔叔一下愣住了,细细地端详女孩的脸,缓缓放下了秤杆,从口袋里掏出五毛钱给了女孩。

黑人小女孩面对凶恶的主人,不被他的气势所逼而以硬对硬,这种神奇力量的发挥,完完全全地挫败了主人那不可抗拒的锐气,彻底制服了一个有权有势的白人,使得他在万分愤怒的情形之下,绵羊般温驯下来,这其中不难看出小女孩获胜的法宝其实就是她的骨气。

面对一个暴躁、粗俗、无知甚至是狂妄无理的对手时,千万别因此就被对方影响,这时候更需要寸步不让的骨气。

我们在办事的过程中，所遇到的对象并不都是很友善、讲道理的，而或多或少都有可能遇到一些不讲理的对方。

这种人在不该大声喊叫的时候，却偏偏叫嚣不停，甚至还拍桌子百般威胁。不过，这一类的人通常是只纸老虎，只要你拿出骨气寸步不让，其实是不难应付的。此外，有些人因自视过高，目中无人，不但对你提出无理的要求，甚至还强迫别人无条件地接受，事实上，这种人往往与前者一样，他们的能力并不如他自己所想象的那么高。

中篇

好剑要锻成削铁如泥

有真本事才有博取一席之地的资本

李云龙关键时刻敢出手，天不怕地不怕地按照自己的想法强打硬冲，除了因为他的胆略和勇气之外，还由于他有可以依赖的资本：过硬的真本事。敢揽瓷器活儿，必有金刚钻。李云龙的金钢钻包括过硬的军事素质：战场上风云变幻中的判断、决策能力，带好战士的管理能力等。有了真本事做事就硬气，亮剑时自然也有底气。李云龙如此，任何人都是如此。

第四章
好剑客要有一把得心应手的利剑

如果说李云龙是一位勇于亮剑走天下的剑客，那么他所带的队伍——独立团就是一把削铁如泥的利剑。本来，独立团的战斗力并不强，自李云龙任团长后，却逐渐成长为一支特别能战斗的生力军。李云龙挥着这把利剑指东打西，成为日军的天敌。李云龙也借此在晋西北闯出了一片天地。李云龙借独立团成就"一番事业"的经历告诉我们：一个人要生存、要发展没有一把得心应手的"利剑"是不行的。

1. 练好内功什么剑都能运用自如

没有独立团这把利剑，李云龙纵有天大的本事靠自己单打独斗也难成什么大气候。"锻剑"是李云龙的一项大本事，无论多么熊的队伍到了他的手里,都能脱胎换骨。这种功力让他在两军对垒中成为最大的赢家。

在现代社会,一个人面对社会所能发挥的"功力",应包括专业知识、工作规划以及处理问题的能力,但这些"兵器"显然都不是三两天就可以锻造出来的。每一个人在一开始肯定都会地位低下,能力也不强。但只要能脚踏实地、勤勤恳恳地扎实"马步",练好"内功",那么他各方面能力必然能很快得以提高。只要迅速地行动起来,想要的就会在前方。

生活中,我们都有这样的经验,当你在沙堆里的时候,无论你使多大的劲,总没有你在结实的路面上跳得高、跳得远。其实,人的成长也是如此。无论做什么事,我们都要脚踏实地、全力以赴,这样会使你越发能干,同时你的心智功力也会成长,就像拥有了削他人兵器若朽木的快刀利剑,可以争取到更大的胜利。

如果一个人好高骛远,那就在生存的方向上犯一个大错误。不要以为可以不经过程而直奔终点,不从卑俗而直达高雅,舍弃细小而直达广大,跳过近前而直达远方。心性高傲、目标远大固然不错,但有了目标,还要为目标付出努力,如果你只空怀大志,而不愿为理想的实现付出辛勤劳动,那"理想"永远只能是空中楼阁,是一文不值的东西。

不能脚踏实地者首要的失误在于不切实际,既脱离现实,又脱离自身,总是这也看不惯,那也看不惯。或者以为周围的一切都与他为难,或者不屑于周围的一切,不能正视自身,没有自知之明。你该掂量自己有多大的本事，有多少能耐，要知道自己有什么缺陷，不要以己之所长去比人之所短。

脱离了现实便只能生活在虚幻之中，脱离了自身便只能见到一个无限夸大的变形金刚。不能脚踏实地，只能在空中飘着，那所有的远大目标也只不过是海市蜃楼。

事业成功与工作态度，就像车身与车轮一样，如果你不让车轮着地，汽车就永远不可能驶向远方。

俗话说："勤能补拙。"在学校，会经常听老师念叨此话，当你走上创业之路之后，这句话更要谨记在心。

首先要认定自己是"巧"还是"拙"。也许你感到自己在茫茫人海中是那么渺小，你原先学到的一点东西也确实是沧海一粟。当然，刚刚走上社会之后，承认自己"拙"的人并不太多，大多数人都认为自己不是天才，至少也是个有用之才。但现实生活中，真正能一步冲天的年轻人其实少得可怜，有的不仅冲不起来，还跌下来摔了跟头。为何？一是知识不够，二是能力不足。就像一个冲上了战场却没有武器的士兵，这显然只会得到不妙的结果。

其实，对于这两种不足，都可运用一个办法加以补救——"勤"。

如果一个人真正认识到自己能力不足，那么为了生存，也只有通过"勤"才能补救。如果每天痴心妄想，不仅不能脱颖而出，恐怕连保住饭碗都很难！对能力真正不足的人来说，"勤"便是花比别人多好几倍的时间和精力来学习，不怕苦不怕困难，也只有这样，才有可能向成功迈进。

其实"勤"并不只是为了补"拙"，即使是聪者智者也不能离开一个"勤"字。

如果你看看李云龙这样的"高手"的故事，就会发现，一个人的成功除了机遇与天资外，真正离不开的还有一个得心应手、与身体合而为一的好"兵器"。而他们之所以能达到这种境界，关键就在于在一开始就扎实马步，练好内功，并且将它贯穿整个修炼过程。

2. 要有自己的独特秘器

李云龙在不同的阶段都不忘准备一两件独特的秘器，比如打鬼子时的大刀连，比如新中国成立后亲自组建的特种兵分队等，这些独特的秘器常能在关键时刻大展神威，帮助他扭转局势。

在许多武侠小说或电影所营造的"江湖"中，也往往会有这样一些人：他们在综合的武功层次上，根本入不了高手之流，但在实际的对决中，却往往能克敌制胜，甚至置一些顶尖高手于死地。其原因就在于，这些人拥有自己的独门秘器，且风格怪异，令人防不胜防，制之无方。

如果我们把现实社会也看成一个"江湖"，那么，要想从中获得成功，显然也要有一种特殊的"兵器"在手才行。

人们常说"一招鲜，吃遍天"。这话想必永远不会过时。无论你是上九流之人还是下九流之辈，只要你对自己从事的行业有所专长，那么你肯定就能在此行业有所建树。

《庄子》一书中，有两个技艺超群的人。

一个是厨房伙计，一个是匠人，厨房伙计即那位著名的庖丁，匠人即那位楚国郢人的朋友，叫匠石。二人的共同之处，就是独精一门技艺，简直到了出神入化的境界。

先看庖丁，他为梁惠王宰牛。他那把刀似有神助刷刷刷几下，一个庞然大物，便肉是肉、骨是骨、皮是皮地解剖得清清爽爽。他解牛时，手触、肩依、脚踏、进刀，就像是和着音乐的节拍在表演。更奇的是，庖丁的刀已用了十九年，所宰的牛已经几千头，而那刀仍像刚在磨石上磨过一样锋利。

再看匠石，他的技艺也十分了得。郢人把白灰抹在鼻尖上，让匠石削掉。那白灰薄如蝉翼，匠石挥斧生风，削灰而不伤郢人的鼻子。

古人讲，凡是掌握了一门技艺，无论是做什么的，都可以成名。只要有一技之长，就可以自立。过去老人总对年轻人说："纵有家产万贯，不如一技在身。"这是最平凡最实在的人生道理。

在这方面，还有一个很有意思的故事。

在很早以前，有个国王游兴大发，带着女儿乘船出海游玩。突然天色骤变，狂风怒吼，海浪冲天，一下子把他们的船刮到了老远的地方——一个陌生的国家。他和女儿上岸后，就向见到的人述说他们的身份及不幸的遭遇，可没有人相信他们的话，加上他们又没带一文钱，最后，竟落得没人理的地步。为了生存，国王只好去找活干，别人问他有什么技艺，他说什么都不会。没办法，最后他只好给人家放羊，成了牧羊老人。

过了几年，当地国王的王子出外打猎，碰巧遇上了牧羊老人的美丽俊秀的女儿，他被眼前这个姑娘迷住了，发誓要娶她为妻。他回家后，便和国王、王后说了这事。国王、王后都不同意，认为一个王子娶一个牧羊女做妻子，简直是辱没自己的门第。可王子执意如此，国王、王后只好委派一个大臣去找牧羊老人提亲。

没想到，牧羊老人一点儿也不感到吃惊，反倒问："王子有什么一技之长吗？"

大臣感到非常意外地说："牧羊老人，你的女儿是嫁给王子，王子会什么一技之长啊！再说他要一技之长干什么用？普通人学点技艺，是为了养家糊口，他是国王的继承人，有的是疆土和财宝，他要一技之长干什么？"

牧羊老人却说："他没有一技之长，我不会把女儿嫁给他的。"

大臣只好回去如实禀报。国王又派了一个大臣来游说，牧羊老人照旧这样回答。

为了娶到牧羊老人的女儿，王子决定去学一门技艺。他喜欢制作陶器，于是就开始学习制陶术，最后，王子掌握了这门技术，制作出最精美的陶器。他带自己制作的陶罐去见牧羊老人。

牧羊老人问："这个陶罐你能卖多少钱？"

王子说："两个小银币吧！"

牧羊老人说："今天两个，明天就是四个。很不错。我如果有一技之长，就不会放牧了。"他答应了王子的求亲，并向王子述说了自己因没有一技之长而遭遇的种种不幸。

这个故事中的牧羊国王，当海上一阵狂风把他和女儿从自己国家的地盘刮到闻所未闻的陌生国家的领土之后，他拼命地向别人解释自己是某某国国王的时候，他被别人耻笑，以为他是一个有狂想症的人；当他发现自己的兜里没有一文钱的时候，他为了生存寻找活路，他突然发现，没有人对他的过去感兴趣，没有人对他的国王地位感兴趣，所有能够帮助他的人，其实，都只对一个问题感兴趣，那就是"你有什么本事，你有一技之长吗？"

明代陈继儒《小窗幽记》中说："是技皆可成名天下，唯无技之人最苦；片技即足自立天下，惟多会之人最劳。"这段话和前面的故事所体现的思想是一致的。人，只要有一技之长，就可以立足于社会，就可以实现自我价值。

春秋战国时的公孙龙就很看中人的一技之长。他曾对他的弟子说："没有特长的人，我一概不收他们做弟子。"一天，一个身穿粗布衣服、腰系麻绳的人来见公孙龙，想拜公孙龙为师。公孙龙问："你有什么本事？"来人说："我的嗓门很高。"公孙龙问他的弟子们："你们当中有谁比他的嗓门高吗？"弟子们回答："没有。"于是公孙龙收他做了弟子。几天后，公孙龙一行要去游说燕国，来到黄河边上，而渡船却在对岸，这时，公孙龙要那个嗓门大的新弟子呼唤船家，那弟子只喊了一声，渡船就划了过来。倘若公孙龙没有这么一个嗓门大的弟子，还不知要等什么时候才能把渡船等来呢！

看来，即使一个人在现有条件下衣食无忧，也要试着想一想，自己是否拥有一件特殊的技能，是否有让自己在任何时候都能有用的独特秘器。这个问题，也许在平时显得很突兀，但有一天当你不再是"国王"时，就必须用另一种方式去寻求你的人生价值了。

3. 手里有看家利器才能让自己举足轻重

在解放战争中，本来属于中原野战军的李云龙部在一次与华东野战军的协同作战后，被粟裕将军留下归入华东野战军的建制。一个一般人看来无足轻重的团长能成为高层首长"争夺"的香饽饽，说明李云龙自有其过人之处，这就是他手里的看家利器：高超的指挥能力和一支能打硬仗的队伍。看来，手里有利器，才会有立足的资本，这在任何时候都是人们必须承认的。

让别人重视你的最好做法，就是用实力来撑起自己。只有这样，才能在一定的范围之内让自己举足轻重。

在不久前曾被广泛报道赞誉的劳动模范许振超，曾是青岛港一名普通的桥吊司机，他凭借苦学、苦练、苦钻，练就了一身绝活儿，成为数万人的港口里响当当的技术"大拿"，进而成为闻名全国的英雄人物。

许振超的"无声响操作",偌大的集装箱放入铁做的船上或车中,居然做到了铁碰铁,不出响声,这是许振超的一门"绝活"。其实他之所以创造这种操作方法,是因为它可以最大程度地降低集装箱、船舶的磨损,尤其是降低桥吊吊具的故障率,提高工作效率。实践证明,它是最科学也是最合理的。

有一年,青岛港老港区承运了一批经青岛港卸船,由新疆阿拉山口出境的化工剧毒危险品,这个货种特别怕碰撞,稍有碰撞就可能引发恶性事故。当时,铁道部有关领导和船东、货主都赶到了码头。为确保安全,码头、铁路专线都派了武警和消防员。泰然自若的许振超和他的队友们,在关键时候把"绝活"亮出来了,只用了一个半小时,40个集装箱被悄然无声地从船上卸下,又一声不响地装上火车。面对这轻松如"行云流水"般的作业,紧张许久的船主、货主们迸发出了欢呼。

许振超是位创新的探索者,他的认识很朴素:我当不了科学家,但可以有一手"利器"。这些"利器"可以使我成为一名能工巧匠,这是时代和港口所需要的。就是凭借着这样的一种信念,许振超手里的"利器"愈来愈多了,这也使得他能不断地成功实现自己的目标。

在企业改制过程中,不少人下岗,其中不乏中专、大专学历者,而许振超以一个初中生的学历,硬是靠关键时刻能打硬仗的绝活儿成为一个大型企业的员工楷模。

所以,要想真正在人生战场上始终立于不败之地,并不断地猎取成功,就必须想方设法让自己的手里握有掷地有声的"利器",只有拥有了这种实力,才能获得别人的充分重视和肯定。这样,你也能成为像李云龙、许振超那样走到哪里都不可缺少的香饽饽。

4. 别把木剑当成有用的武器

木剑是用来比画花架子的,如果把它当成武器拿到战场上,就只有挨打的份了。李云龙有时候显得看不起读书人,实际上他是看不起卖弄空洞理论的人,空洞的理论在真刀真枪的战场上与木剑无异。

在当今的日常生活中一些人在进入社会的最初阶段里,往往也会先耍花架子,他们常常忍不住把书本上的"理论"通过嘴巴讲出来,给人形成这样一个错觉:只要自己一张嘴,一切问题将迎刃而解。然而事实恰恰相反,面对实际问题,"理论"往往是中看不中用的木头剑,真的把它当成武器使用时,十有八九难以发挥实效。

当然,在这里我们并不是要完全否定"理论"。但你要首先认识到这一点:"理论"是虚的,"办法"才是实的。"理论"要有价值,还必须有切实可行的"办法",并且必须以行动来支持。只长叶不结果的树通常是无心无髓,人要分清哪种树结果实,哪种树只能用来遮阴。

年轻人都急于表现自己,一有心得就想发表出来。以为同事都是毫无主张的庸才，只有自己抱有真知灼见。但是你的理论是否妥善，这里包含有两种意思，一是理论本身是否正确的妥当，二是是否符合单位的实际情况的妥善。

当你开始思考"这件事应该如何处理"时，显然就会有形成"理论"的可能性，但在提出你的理论之前，首先应收集许多正确的情报，然后整理、分析，这样才能获得认可。有时候自己精心想出来的应对方案可能会被一口回绝，此时就应当想到该如何把虚的理论转化为实的办法。

另外，有了自己的方案以后，不能就自以为是地把结论丢给上司，而不提供一些正确的情报，也不能任性地觉得只有自己的方法才能解决问题，对于别人的话一概不听。

当自己提出的方案和上司的决定有出入时，你要慢慢去体会上司的思考方式，久而久之自然能了解上司的想法，下次再遇到同样的问题时，就会考虑得更周到了。这是年轻人磨炼实力的最好办法。

在现实中，我们常常会看到这样一些人，他们在工作中，往往会目中无人（包括上司和同事）地夸夸其谈，甚至已脱离了他所针对的问题。但整个说辞空洞无物，不但徒然浪费口舌，而且也让人感到一无可取之处。这样的人难免会被人冠以"理论家"的"美名"，但遗憾的是，他们的工作是要求必须解决实际问题。

这种人显然就是犯了把木剑当成真刀真枪使用的错误，而这在"实战"之中往往是很危险的。李云龙的经验告诉我们：漂亮的木剑，远远不如一根货真价实的棍子更有用。

第五章
要有自己拿得出手的真本事

在八路军的队伍里,在国民党军和日军面前,李云龙都很"牛",是个不怕鬼不敬神的主儿。但是他确实有他耍牛皮、耍"大牌"的资本:善带队伍、善打硬仗、能打胜仗。他敏锐的判断能力和随机应变的临场指挥艺术让他在血雨腥风的战场上如鱼得水。一个人有了这样的真本事,可以"携剑"走天下,牛一牛又何妨。

1. 找出自己的"卖点"

一种商品能够在市场上不可代替,是因为这种商品有它独特的卖点。在战争年代,李云龙的"卖点"就是他带的队伍能打胜仗,这个"卖点"不需要黄埔军校毕业,也不需要美械装备,只要能在战争中取胜,就是最好的卖点。

在市场经济日益发达的今天，人也是一种商品。作为一种特殊的商品，人正在由各类学校和公司批量生产。这使得人与人之间的竞争更加激烈，能够胜出而不可代替的人都必须拥有自己的卖点——行销学上称为"独特的销售卖点"。学历不是卖点，你有别人也有；基本技能不是卖点，外语、电脑人人都在学；经验也不是卖点，21世纪变化实在太快了，你所谓的经验很快被创新的方法所代替。商品是靠卖点来争夺眼球，扩张市场的人也一样，那些缺少卖点的人只能当替补队员了。

你是你自己的品牌经理。你得为自己找个独特的卖点。学历、技能、经验，虽然听起来都不错，可这些显然还不够独特。老板们会认为这是每个求职者必备的敲门砖，没什么大不了。再者，职场中的绝大多数人，都把这"老三样"当作"卖点"在卖，你又有十足的把握竞争得过他们吗？

其实，职场中可以成为卖点的东西有很多。只是大多数人不知道这些也可以卖，而且还能卖高价。比如：学习能力、创新能力、组织领导、人际合作、沟通表达、效率管理……一个人总得有几手绝活，在学历、技能、经验都不相上下的时候，这些就成了你能胜出的独特卖点。

花点时间，好好找找你的卖点在哪里。如果你没有，请你赶快拿出读文凭、考证书的热情，帮自己获得的竞争优势。

今天在职场中推销自己比以往更困难了，原因很简单：不是因为环境变了，而是自己该变了。我们应该找准自己的卖点，这样，你才有竞争优势。

竞争激烈的确是个事实，可很多公司因为找不到合适的人选而不得不让职位空置的事实在提醒今天的求职者：不是没有机会，而是你必须告诉自己，你究竟卖的是什么？

做自己的"品牌经理"吧，向李云龙学习打造自己的卖点，你才能成为不可缺少的那个人，在竞争的激流中立于不败之地。

2. 让自己不断升值

一个人没文化，可以补，没技术，可以学。李云龙本人就是个从大别山中走出来的大老粗，但是他善于学习。从朱玉成到赵刚再到田雨，他身边的每个有文化的人都是他学习的对象，甚至他的对手楚云飞，他的敌人山本特工队都在潜移默化中给李云龙很大的影响。

作为现代职场生存竞争中一名普通员工，如果安于原来的"水平"，不去提升自己的价值的话，那就永远是一个平凡者。

不断提升自己的价值，关键是不要给自己设限。这种"限"不仅是指你觉得你能做的高度，同时还有你能做的宽度。提升自己价值的过程，你不必在意老板有没有注意到，也不必计较你多做的事情会不会得到报酬。如果你能达到这种境界，你最终的价值必然决定了你不可替代的"身份"。

一位老板曾聘用一女孩做助手，替他拆阅、分类信件。有一天，这位老板向女孩口述了一句格言："你唯一的限制就是你自己脑海中所设立的那个限制。"

这句格言在女孩心中打上了深深的烙印。从那天起她开始在晚饭后回到办公室继续工作，不计报酬地干一些并非自己分内的工作——如替老板给客户回信等等。

她认真研究成功人士的语言风格，努力使这些回信和自己老板回复得一样好，甚至更好。她一直坚持这样做，毫不在意老板是否注意到自己的努力。终于有一天，老板的秘书因故辞职，在挑选合适人选时，老板自然而然地想到了这个女孩。

在没有得到这个职位之前已经身在其位了，这正是女孩获得提升最重要的原因。当下班的铃声响起之后，她依然坚守在自己的岗位上，在没有任何报酬承诺的情况下，依然刻苦训练，最终使自己有资格接受更高的职位。

故事并没有结束。这位年轻女孩能力如此优秀，引起了更多人的关注，其他公司纷纷提供更好的职位邀请她加盟。为了挽留她，老板多次提高她的薪水，与最初当一名普通速记员时相比，她的薪水已经高出了原来四倍。这一系列幸运的事情发生在女孩身上没什么奇怪的，只因为女孩能像李云龙那样不断提升自我价值，使自己变得不可替代罢了。

3. 实用的本事才能拿得出手

战争中，李云龙战前决策是好手，临阵指挥有艺术，与敌人拼刺刀更是行家。或许李云龙没有什么理论，但本领是讲究实用的真功夫。

很多年轻人在初入社会之时，头颅高昂，意气风发，仿佛只要他愿意，一伸手就能轻而易举地把成功抓在手里一样。既然有这种心态，那么他们肯定是有"先进武器"随身携带。然而细一追问，原来他们所倚仗的兵器，也不过是一张大学毕业证和其他几种或有用或没用的证书而已。这些东西，当然也可以算得上是一种"装备"，但在现实应用中，其象征意义恐怕要大于实际意义。

现在的社会崇尚务实精神，光有镀金的文凭和这个证那个证是不完全能行的，你必须拿出实打实的本领来，人们所看重的，并且你也真正能发挥作用的，是你的实际能力而不是学历。

前几年，社会上流行"考证热潮"。想找个好工作？好办！你先拿出你的学位证、英语等级证、计算机等级证，以及各种资格证书，证书越多就代表你越有才干。报纸上登了这样一件事：某名牌大学的一名高才生，在学校里是个"十项全能"的风云人物，当然各种证书也拿了不少。但天有不测风云，就在此君毕业前夕，一把意外之火却烧掉了他全部家当。他自信能力过人，也就没急着补办证书什么的，只是请老师开了个证明。没想到招聘会一开始就吃了大亏。各家企业对他才情并茂的自荐信不屑一顾，却一再追问他有什么证书，尽管有学校的证明，但各家企业一概客气地请他走人。眼看同学都找到了不错的工作，只有自己毫无着落，此君心急如焚，这真是"企业大门朝南开，有才无证莫进来！"最后，此君还是拿到补办的各种证书后，才找到了一个工作。

但现在的企事业单位就理智多了，社会上开始越来越重视能力了，光有学历没有真才实学，饭碗照样端不长久。"拥有哈佛的学位可以在世界任何一个地方混得好"。不少现在或将来想去哈佛求学镀金的人都这样认为。那么哈佛的招牌到底有多神？哈佛学子真是个个成功？事实并非如此。仅有哈佛的一张文凭却没有能力的人，绝对担不起重任，难以混出个人样来。手里拿着哈佛的毕业证书，有时却连工作也难找到，这在哈佛毕业生中并不少见。

杰克学习成绩出类拔萃，财务、会计等课程门门优秀，投资银行很需要这样的人才，而他也参加了几家投资银行的面试，但他却接连失败了。在学校，他确实是位屈指可数的优等生，但不知怎么偏偏在面试时怯场，哈佛的口才培养看来没有在他身上起到良好的作用。甚至就连那些成绩一般的学生都录用的二流企业，也没有录用他。最后在他准备的面试公司名单上，只剩下了一家地方城市的公司。由于连续的挫折，杰克的精神受到很大的打击。他想，自己的大学时代就是在这个城市的近郊度过的，回到这里不是也很好吗？

面试开始后，杰克感受这次面试有一种与以往不同的好气氛，考官是一位平易近人的年轻人，而且毕业于与母校有密切关系的大学，所以谈起来非常融洽。他想，这次可能差不多了吧！

哪知这时考官发问了："你想来我们公司的动机是什么？"

说实话，他本来就没想到会到这最后一家候选公司面试，所以准备很不充分，对该公司的内部情况一无所知。慌乱之中他只能把自己有关投资银行的知识拿出来应付场面，这样他犯下了一个致命的错误。一席话说完，考官默默地站起来，打开房门，做出一个请走人的手势："对不起，我们公司可不是投资银行，以前不是，现在不是，将来也不打算成为投资银行。不过你的发言还真让我吃了一惊。迄今为止把我们与投资银行搞混的人你还是第一个。请记住，我们公司是美国屈指可数的几家资产管理公司之一，真不知你是怎么从哈佛毕业的。"走出面试房间已经很长时间了，那位考官的话还在杰克耳边回荡。

类似杰克这种遭遇的哈佛毕业生不少，他们往往也能找到一份属于自己的工作，但绝对不是如人们想象的是凭了哈佛的毕业证书，就能一出手即成功，并且在以后也"混"得很好。

所以，无论对于什么人，不管你是毕业于名牌大学，或者拥有各种镀金证书，这些都只是类似于古代文人佩剑的外在标志。面对这个竞争日益激烈的社会，你必须在收起招牌之后，拿出和李云龙那样能实用的硬功夫，能够表现出应对现实业务的非凡能力。手中多几种这样的本事，在任何时候都会是好事！

4. 才华也会误前程

在李云龙身边，武林高手魏和尚可谓能耐不小，拼刺刀一人可对五个凶狠的日本兵，几十秒内就可以连杀六名土匪。但最终，魏和尚还是小河沟里翻了船，没死在战场上，死在了土匪的暗算下。

这是一个务实的年代，对于才华本身的定义也已经发生了改变。如今的一般标准是"才而不财非才也"。今天出了名的职场英雄当中，又有几个是因为才华横溢风华绝代而受人称道的呢？

才华横溢是对一个人的最高褒奖吗？身处职场，有的人才能平平而工作做得如火如荼，有的人才华横溢而工作平平。

我们都仰慕有才华的人。他们无论走到哪里都会像宝石一样发射出奇异夺目的光彩，在一个工作单位如果没有一两个资质不凡的人，将是一种悲哀。想想看，如果自己本来就是平平庸庸一个凡人，还要整天混迹于一堆同样平庸的凡人中间，于个人的水准和格调来说，不仅断无提高的可能，恐怕还会不断降低呢。况且，没有一两个可以追逐可以效仿可以嫉妒的偶像放在那里，上班的日子又该有多么难熬！

不错，才华横溢的人可能容易有恃才傲物、好高骛远，不愿意老在一个地方待着等等的毛病。但是只要明察暗访一番就能发觉，这些毛病往往是遭人嫉妒或者排挤的结果，有的根本就是强加的。谁愿意让别人轻易出头呢？所以，有才之人在职场上混，很难取得一般意义上所说的成功，除非他洞悉了某些规律并向其妥协。

也正因为如此，著名的日本松下公司的用人理念是只用具有70%能力的人，而不用业界最优秀的人。因为这些人做事更认真，而且友善、谦虚，对上司和同事更具亲和力。现代社会更强调团队合作精神。一个人锋芒毕露并不被认为是一件好事。因而，越来越多本来满腹才华的人将才华束之高阁。

才华横溢只是职业成功的千万个必要条件中的一个，甚至还不是主要的。在合适的职位上，你的智慧才能发挥出应有的价值，才有可能获得足够让社会认可你成功的财富，若遇到一个拿"红缨枪当烧火棍"使的领导，你的才华和智慧只会让你过得比别人更痛苦！

在职场上，才华不仅仅指"腹有诗书"的学富五车，也不单单指"运筹帷幄"的才高八斗，简单点说，不管你是底层办事员还是高级主管，不管你是装卸工人，还是编程人员；也无论你是才华横溢，还是斗字不识，只要你在工作中能把你才华的最大潜能发挥出来，即使你没有惊人的事业或不名一文，你仍然是一个成功的人。调动你最大的能动性，充分体现你的人生价值，你就没白活一回！

职场中确实有这种现象，很多才华横溢的人往往不是事业的成功者，而不少能力一般的"傻人"却在事业上如鱼得水，这"不由你不信，不服也得服"的现实，确实令那些不太得志的"鸿鹄"们英雄气短。

在职场上，才华横溢只是成功的诸多要素之一，而你投身的事业肯定不是孤立于社会而存在的，你的才华首先要融于一个团队之中，与其他人的才华形成 1+1 大于 2 的合力效应，企业才能真正取得成功，从而彰显个人的成就。而在这个"融于"的过程中，人和人之间的差异相当明显。

才华横溢的人往往缺少与周围环境的良好亲和力，情商的缺陷往往使他们与团队像油与水一样难以相溶。与此相对应的是，一些才智平平的人却由于懂得如何与人相处，如何把握机遇、把有限的才智用在最该用的地方，所以他们之中的一些人平步青云也就不难理解了。其次，指望一个人适应各种各样的环境，其实也不现实。那些才华横溢的人有时并不清楚目前所处的环境是不是真的适合自己，还有没有可能以自己的主观努力变换一个新的环境，使之更适合自己。聊起自己的专业来神采飞扬，可涉及这些直接关乎自己前程的、专业之外的"琐事"，却又往往是除了叹息就是无奈。

理论上的才华永远不等于能力，才华只有体现在调控与创新上才确有价值。要让才华变成实实在在的能力，指望"躲进小楼成一统"是不可想象的。相信职场上那些不太得志的精英们只要拿出其才华的一小部分，投入自己的"情商建设"上来，真正的成功就不会太遥远。

5. 执行力是一种更大的本事

面对战斗任务，李云龙考虑的往往不是对手多大、多强，而是怎样打败他，取得战争的胜利。抗日战争时，面对山崎大队的据守是这样，与关东军拼刺刀是这样，后来到了解放战争时，在赵庄与楚云飞交手同样是这样。他不问困难，只求解决。

善于体察上级意图并落实到位的本领，对今天职场上奔波的人也是必不可少的。

实际上，落实能力正是决定事情成败也是决定个人职业生涯高度的关键。

在美西战争期间，美国必须立即跟西班牙的反抗军首领加西亚将军取得联系，而加西亚正在古巴丛林的山里，没有人知道确切的地点，所以无法写信或打电话给他。美国总统必须尽快地获得他的合作。这时，有人说："有一个叫罗文的人，他有办法找到加西亚。"

当罗文从总统手中接过写给加西亚的信之后，并没有问："他在什么地方？怎么去找？"他经过千辛万苦，在几个星期后，把信交给了加西亚。

就是这么简单的一个故事，但是，它却流传到世界各地。《把信带给加西亚》的作者这样写道：

"像他这种人，我们应该为他塑不朽的雕像，放在每一所大学里。年轻人所需要的不是学习书本上的知识，也不是聆听他人种种的指导，而是要加强一种敬业的精神，对于上级的托付，立即采取行动，全心全意去完成任务——'把信带给加西亚'。

"凡是需要众多人手的企业经营者，有时候都会因为一般人的被动无法或不愿专心去做一件事而大吃一惊，懒懒散散、漠不关心、马马虎虎的做事态度，似乎已经变成常态；除非苦口婆心、威逼利诱地叫属下帮忙，或者除非奇迹出现，上帝派一名助手给他，没有人能把事情办成。

"我钦佩的是那些不论老板是否在办公室都努力工作的人；我也敬佩那些能够把信交给加西亚的人，静静地把信拿去，不会提出任何愚笨的问题，也不会存心随手把信丢进水沟里，而是不顾一切地把信送到；这种人永远不会被'解雇'，也永远不必为了要求加薪而罢工。这种人不论要求任何事物都会获得。他在每个城市、乡镇、村庄，每个办公室、公司、商店、工厂，都会受到欢迎。世界上急需这种人才，这种能够把信带给加西亚的人。"

这里，罗文的信念、执着都着实令人钦佩，同样，他执行任务的能力也给人留下深刻的印象。

执行力就像个人形象一样，能反映出一个人的做事水平，也可以改变他人对你的看法，决定着一个人的成与败。李云龙敢拼，才有多次的胜利机会。对待工作中的任务，怕承担责任的人推脱，惧怕困难的人退缩，患得患失的人观望，谨小慎微的人准备，而主动负责的人则只有——行动。

第六章
用高效的管理手段提升个人的影响力

个人影响力与学历、个人形象、口才等等都有关系,但都不是决定性的关系。我们仍然看一下李云龙的表现。李云龙没文化,而且张嘴骂人,他不懂得什么管理的大道理,但他不经意间从务实的角度使用的管理手段却与今天被奉为经典的管理理念不谋而合。这些管理手段与他的性格魅力一起,为李云龙在自己的队伍里打造出无与伦比的影响力。这种影响力在恰当的时候就会转化为强大的战斗力。

1. 靠战斗力提高工作效率

李云龙做事喜欢独断专行,但他绝不会压制手下干部战士的创造力。本来八路军的正规部队里是没有大刀这种武器的,但当一名擅长刀术的连长提出组建一个大刀连专与日军拼刺刀时，李云龙欣然同意。果然，在以后的战斗中大刀对抗鬼子的刺刀时大显神威。

在这里我们看出，创造力变成了战斗力，而李云龙善于激发手下人创造潜力的做法也自然为他赢得了影响力。

那么，作为一名指挥员怎样才能激发手下人的战斗力呢？大家知道，战斗力潜在于手下人的身上，他们的工作效率可以衡量管理者的能力。因此使手下人保持高的工作效率，是管理者成功的关键。

很多管理者为了让员工工作有效，只能让员工去做他能够做的事情，以达到"一切尽在掌握中"的目的。这样的确可以不出什么差错，但是有两个致命的缺陷：

第一，管理者自己会很辛苦、很累；第二，员工们不再有自主性，很有潜力的工作人员一个个都变成了行尸走肉。

正确的观念是：员工既是自己的"爪牙"，同时也是自己的"心腹"。换句话说，员工既分担自己简单的工作，同时也发挥他们的智慧，为自己排忧解难。

如果你同意李云龙的做法，也就是希望自己员工发挥全部的潜力，一些有效的措施也是必须掌握的。

（1）告诉员工明确的目标和要求

很多主管不直接告诉员工自己对他的期望，却希望员工能够理解，甚至员工已经理解。要知道，即使再聪明的员工，也不可能知道你所有的期望，除非你明确地告诉他们。

（2）提高员工工作效率的首要原则就是：告诉他们明确的目标，以及相应的要求；防止员工出现花费宝贵的资源但工作却发生了南辕北辙的方向性错误。

（3）提供必需的资源

如果管理者只提供片面的信息，就会使员工看起来像个完全不能胜任工作的笨蛋。事实上，如果能够获得足够的信息，员工一定能够按照公司的要求完成任务。在信息不足的情况下，只能猜测。

千万别对你的员工犯同样的错误。问他们：是否得到了足够的信息和资源？然后提供给他们所必需的一切。

（4）解决员工不能够克服的困难

管理大师戴明说过，企业面对的问题中，有94％来自"制度"，而不是人。那么，在制度方面，你能够为员工做些什么呢？

你可以从两个角度来观察分析现有的制度。

首先可以从"做事"的角度，也就是从工作本身出发，查看哪些制度实际上没有必要，甚至使工作变得复杂。

其次，从员工的角度观察制度。有哪些制度束缚了他们的手脚？

总之，你必须运用自己手中的权力，使员工不受制于某些不切实际的制度，从而提高他们的生产力。也就是说，你可以改变一些制度。

（5）给予完成任务的员工奖励

或许你认为，完成工作是员工的本分或者工作本身就是最好的奖励。

有经验的主管都知道，提高员工的战斗力很大程度上依赖实际的奖励措施，包括现金、红股、休假和升迁。

假如，设计一套科学的奖励制度；如果你不能用金钱奖励员工（或许你也无能为力），可以用时间。当一名员工完成一项重要的工作之后，可以给他一定时间的假期……

李云龙明白什么样的奖励可以激励自己的部下，他忘不了对优秀部下的称赞，大声、明确，而且不断重复。所以，他的部队总是具有强大的战斗力，作战（工作）效率自然也非同一般。

2. 管理都是被"抓"出来的

李云龙入伍前是个草席匠（以编卖草席为生），没有上过军校，更没有学过管理，但是显而易见，没有一定的管理能力是不可能树立如此高的管理威信的。

没有人是天生的指挥员，作为团队的管理者，就要通过不断在实际操作中培养起自己的管理能力，这就是抓管理的能力。无论是庞大的商业公司、中小企业、非营利性组织或政府组织，所有的管理人员都同时扮演两种角色——管理者和被管者的角色。而你是一名指挥员，就不同于一般的下属,是一名管理人员。由此可见,成功的指挥员必备管理的能力,即是一种"抓"。

玛莉对服装业的制作工序非常熟悉。在十年的从业生涯中,从报单到跟单、发货、定价,一直到销售服务等一系列工作她都亲自干过,因此获上司的赏识,被提升为销售部的主管。

然而,三个月后,玛莉却发现自己成为一名不自在的主管,平常与同事们的友好关系似乎没有了。工作进程受到妨碍,她的员工们常常因为不知道应该做些什么而浪费许多时间。玛莉确信应把完成工作进程放在首位,但她又担心办公室里充满大量的日常文书工作。她花了大量时间来使员工明确各部门的工作如何可以改进,结果却是,玛莉自己抓紧工作,以便完成工作的计划。

从上面来看,我们可以清楚地了解到这样一个事实:玛莉的工作岗位由员工变成了主管,但她的观念并没有随之改变,而仅仅是停留于员工的角度上。由此,解决问题的方式,仍是按照员工的角度来干,而没有通过给员工合理地分配工作来完成公司的任务。这样,不具备管理能力就成了她失败的根源。

管理,通常被定义为:"有效利用组织内的资源,以实现所要目标的一种能力。"而要真正掌握管理能力,就要"抓"以下几个方面。

(1)管理方法

在企业内,如何组合并有效地使用各种资源,往往是企业成败的关键。管理人的专长便是要知道如何使用各种技巧及方法,以便更好地利用企业中的重要资源。

财务主管懂得如何管理钱财，并使每一元钱都发挥到最大的使用价值；工程师和工厂管理人员懂得如何使用材料及设备才能使其效果达到最大。由此，了解这些方法及技术对管理者而言，是极为重要的。

（2）管理水平

它指的是对整个企业以及企业内部如何相互合作的了解，对单位的信息和记录的系统知识，规划和控制工作的能力。作为主管，你的职责之一便是协调企业内各分散而专业化的部门。为了达成有效的协调和调整组织结构，主管必须了解企业内部各部门的相互关系，以及各部门的变动对其他部门的影响。

（3）管理人事

一位近代著名的思想家曾说过，"所谓管理，真正指的是对人的管理。而管理工作必须重视人的因素"。此观念一直持续发展到现在。为什么人力的管理具有如此重要的位置呢？其原因是人力资源的重要，不仅因为人有双手能够操纵器械，还有人的大脑可以决定组织要如何运作，并促使这些运作完整达成。由此可见，人是企业成败的主要关键，要想管理好企业，就要加强对人力资源的管理。

这样，作为主管的你，就要在人际关系上多下点功夫，培养起自己的交际能力。当你赢得了员工的爱戴，也就能激励起他们的斗志，使他们同心协力共同为自己的部门创造辉煌业绩。

由此可见，要想成为一名富有管理能力的指挥员，就要在管理方法、管理水平、管理人事三方面多下功夫。此外，现代企业要求主管必须富有管理经验，是熟练掌握各部门管理知识的综合性人才。所谓管理方面的经验就是指熟悉所有部门业务的基本原理。如果你想成为一名优秀的管理者，就请抛弃诸如："我身为总经理，对于劳工部门的工作不必了解"或"我是负责人事部门的，会计工作不必我来管"之类的想法，踏踏实实地积累起管理经验吧！李云龙的经验一再证明：员工们所尊敬的指挥员绝对是那些熟知手下各部门运作的富有管理经验的指挥员。

3. 做到一呼百应的要诀

作为一个老兵、一个指挥员，李云龙有自己独到的美德。更重要的是，他能够使自己美德像金子一样闪闪发光，具有永恒的魅力。

你是否最大限度地表现了自己的才能和美德呢？这是成功的一大秘诀，它有利于丰富你的形象，有利于你事业的成功。如何最大限度地表现自己的美德呢？请记住"尽善尽美"四字。

美国哈佛大学管理专家皮鲁克斯有一句名言："管理才能是最好的影响力。"真正的领导者是能影响别人，使别人追随自己的人物，他能使别人参加进来，跟他一起干，他鼓舞周围的人协助他朝着他的理想、目标和成就迈进，他给了他们成功的力量。

管理能力首先是一个人的个性和洞察力——它作为一个人的最核心的东西。领导者应走在下属前面，并且一直走在前面。他们用自己提出的标准来衡量自己，并且也乐意别人用这些标准来衡量他们。优秀的领导者就是能不断成长发展，学习的人。他们愿意付出当领导的代价。为了能不断提高自己的水平，扩宽自己的视野，增加自己的技巧，发挥自己的潜能，他会做出种种必要的牺牲。他们通过自己努力变成受别人敬仰的人。

有良好个人品质的可依赖的人，比没有受人敬仰的品质的人更有可能成为领导人物。但单靠良好个人品质还不能成为领导人物，这些品质还必须与能积极与人沟通的能力结合起来。领导者与下属建立良好人际关系，开始关怀下属，学会与下属沟通，调动员工的积极性，积极思维方式、个性、理想，与别人沟通和激发别人积极的能力都能构成领导才能的基本要素。

当你已经具备上述基本要素之后，很可能你已成为一个小有成就的领导者，你能取得成就，靠的并不是一种希望自我改变的欲望而是你具备管理者才能的基本要素，而是你的勤劳、俭朴、奋斗、任劳任怨和卓越的进取意识。正因为你有着这些方面的优势，你才有可能在这个崇尚竞争和拼搏奋斗的社会中使自己的位置得以确立，并得到左右的认可。而今，如果你仍想沿着向上的方向继续进取，而不是保业守成，那么你仍需坚定地把守着自己的这些优点，防止它们被金钱、被美色、被安逸舒适的享乐生活、被追求攀比平衡的心态所埋没掉。也就是说，在你事业正飞黄腾达时，保持"布衣风范"是管理者才能的另一要素。

我们常想在自己的地位提升之后改变一下，借以和自己的地位实行平衡。但这种平衡的希望往往会以失败告终，你的优势不在于你的地位，财势，而在于你的一种内在的独特品质。那些看起来让人感觉非常舒服，谈吐自如，常能引经据典且极具幽默之感，风度翩翩的人往往并不见得是具有真实能力的人。而作为一个成功的领导者，你若想使自己更具有内涵，你可以从以下几个方面培养自己。

（1）读书。纯文学的、半文学的、理论性的报纸、杂志等，你都可以进行阅读，从中吸取一些于己有利的东西。而且最重要的是你能在读书过程中实现对心性的培养。

（2）深思。思考可以使你提高认识，增加工作及决策的理性成分，也使你看上去更成熟、更睿智。

（3）观察自己。在这个过程中，镜子是你很好的工具，你可以在镜子里审视自己，这将有助于你始终保持强烈的自信。

巧妙地推销自己，是变消极等待为积极争取，加快自我实现的不可忽视的手段。常言道："勇猛的老鹰，通常都把它们尖刻的爪牙露在外面。"这岂不是人们去积极地表现自我么？精明的生意人，想把自己的商品待价而沽，总得先吸引顾客的注意，让他们知道商品的价值，这便是杰出的推销术。人，何尝不是如此？《成功地推销自我》的作者E·霍伊拉说："如果你具有优异的才能，而没有把它表现在外，这就如同把货物藏于仓库的商人，顾客不知道你的货色，如何叫他掏腰包？各公司的董事长并没有像X光一样透视你大脑的组织。"因此，积极的方法是自我推销，如此才能吸引他们的注意，从而判断你的能力。

（1）要学会表现自己

有些管理者喜欢表现自己，但如果表现不好，就容易给人一种夸夸其谈、轻浮浅薄的印象。因此，最大限度地表现你的美德的最好办法，是你的行动而不是你的自夸。所谓"桃李不言，下自成蹊"，就是这个意思。

也许你会说："行动？我数年埋头苦干，兢兢业业，却默默无闻。""现在是干的人不香，说的人飘香。"如果你尝到这种苦头的话，那么，证明你缺乏干的艺术和说的艺术。请你自问一下，做了别人不愿意做的事情，是否领导都了解？靠别人发现，总归是被动的。靠自己积极地表现，才是主动的。成功者善于积极地表现自己最高的才能、德行，以及各种各样的处理问题的方式。这样不但表现自己，也参考吸收别人的经验，同时获得谦虚的美誉。年轻的朋友，学会表现自己吧——在适当的场合、适当的时候，以适当的方式向你的领导与同事表现你的业绩，这是很有必要的。

（2）将期望值降低一点

人有百种，各有所好。假如你投其所好仍然说服不了上司，没能被对方所接受，你应该重新考虑自己的选择。倘若期望值过高，目光盯着热门单位，就应该适时将期望值下降一点，目光盯一个单位；还可以到与自己专业技术相关相通的行业去自荐。美国咨询专家奥尼尔如是说："如果你有修理飞机引擎的技术，你可以把它变成修理小汽车或大卡车的技术。"

（3）最大限度地表现自己的美德

人是复杂的，多面的，既有长处也有短处；既有优点也有缺点。如何扬长避短，最大限度地表现自己的美德，这是现代青年人必备的素质。聪明人能够使自己的美德像金子一样闪闪发光，具有永恒的魅力。你是否最大限度地表现了自己的才能和美德呢？这可是成功的一大秘诀，它有利于丰富你的形象，有利于你事业的成功。如何最大限度地表现自己的美德呢？请记住"尽善尽美"四字。马尔腾认为："事情无大小，每做一事，总要竭尽全力求其完美，这是成功的人的一种标记。"

人们都想得到一个较高的位置，找到一个较大的机会，使自己有"用武之地"。但是，人们却往往容易轻视自己简单的工作，看不起自己平凡的位置与渺小的日常事务。而成功者即使在平凡的位置上工作都能做得十分出色，自然也就能更多地吸引上级的注意。成功者每做一事，都不满足于"还可以"、"差不多"，而是力求尽善尽美，问心无愧。他们的任何工作都经得起"检查"。他们的美德，就是在一件件小事中闪闪发光的。

（4）适当表现你的才智

一个人的才智是多方面的，假如你是想表现你的口语表达能力，你要在谈话中注意语言的逻辑性、流畅性和风趣性；如果你要想表现你的专业能力，当上司问到你的专业学习情况时就要详细一点说明，你也可以主动介绍，或者问一些与你的专业相符的新工作单位的情况；如果你想要让上司知道你是一个多才多艺的人，那么当上司问到你的爱好兴趣时就要趁机发挥，或主动介绍，以引出话题。如果上司本身就是一个爱好广泛的人，那么你可以主动拜师求艺。至于表现自己的忠诚与服从，除了在交谈上力求热情、亲切、谦虚之外，最常用的方式是采取附和的策略，但你尽量讲出你之所以附和的原因。上司最喜欢的是你能给他的意见和观点找出新的论据，这样既可以表现你的才智，又能为上司去教育别人增加说理的新材料。如果你实在想表示与上司不同的意见，不妨采用《史记》中"触龙说赵太后"的迂回的办法。

（5）推销自己是自然地流露而不是做作地表现

会表现的人都是自然地流露而不是做作地表现。成功的管理者从不夸耀自己的功绩，而是让其自然地流露着。在你向领导汇报工作时，不妨说："我做了某事……但不知做得怎么样，还望您多多指点，您的经验丰富。"这样，你好像是在听取领导的指点，而实际上你已经表现了自己，又充分体现了你谦虚的美德。如果你以请功的口气直接向你的领导说，我做了某事，这事很不简单，做起来真不容易，其具有怎么怎么高的价值。这样，你在领导心目中就已经损害了你的形象，也降低了你在领导心目中的价值。

4. 敢于自己承担责任

一个领导者、指挥员勇于自己承担责任，会很容易地扩大自己在团队中的影响。李云龙在自己的部下出问题时勇于分担责任，尽自己的能力保护部下，自然也得到他们的拥护。

　　管理者必须明确区分哪些是下属应负的直接责任，哪些是自己应负的领导责任，决不要含糊其词，模棱两可，让下属听了心里没底，或者感到"安全系数"太小，或者感到似乎有"空子"可钻。有的管理者喜欢拍着胸脯对下属说："出了问题我负责！"这样做，表面看上去似乎给了下属一张"护身符"，实际上有头脑的下属并不相信自己的上司果真能够承担一切严重后果，过分的承诺，反而容易使人产生怀疑。管理者的大包大揽，还容易诱使下属放松警惕，给工作造成一些不必要的麻烦或损失。

　　管理者若不敢担当一定的责任，那下属也无信心工作，更不会有业绩而言。

　　俗话说得好："压力出水平"。管理者在交给下属某项任务时，不仅应赋予他相应的权和利，而且还应让他承担与其职权相称的一份责任，这样做，能使他感到有一种压力在驱使他勇往直前。而一定的压力，能转化成一定的动力；而一定的动力，又能转化成一定的效率和水平。在这里，关键在于掌握好压力的"度"。压力过大，会把下属压垮，使其不敢接受任务；压力过小，又起不到鞭策、鼓励作用。唯有压力适度，责任与职权相称，下属才能出色地完成任务。

　　在让下属承担相应责任的同时，管理者千万也别"忘了"承担自己应负的一份责任。因为自己做出的决策，并非"万无一失"，"绝对正确"，其中很可能包含着不正确的因素，有时甚至是完全错误的。再加上下属在执行任务的过程中，还会受到多种不确定因素的干扰和制约，因此，谁也不能保证下属的"行为轨迹"会完全沿着管理者的"思维轨迹"前进，即使遇到暂时的挫折和失败，也是不难理解的。因此，敢于为下属撑腰壮胆，敢于在必要时替下属分担责任，不仅体现了一个管理者的道德品质和领导水平，而且直接关系到上下级之间能否建立起互相信赖、互相支持的融洽关系，关系到整个管理机器能否正常运转。倘若下属偶有过失，管理者就把他当作"替罪羊"抛出去，而自己却不承担丝毫责任，那么，还有哪个下属愿意再为这样的领导者效劳呢？

在通常情况下，下属尽管存有希望少承担甚至不承担责任的心理要求，但他自己也知道这只不过是一种不切实际的"奢望"，只要领导者能够实事求是地按照委派任务的性质，让他明确承担相应的责任，下属一般还是愿意接受的。问题的关键在于，几乎每个下属都希望上级能够替自己分担一些责任，对于这一正当的心理要求，倘若领导者不能痛快地予以满足（哪怕"部分"满足），则下属是绝难忍受的。一旦遇到是非纠葛，下属就会为了自卫而对领导者做出强烈反应。

由此观之，与下属共同承担责任，关键不在如何满足下属的第一种心理要求，而在于能否尽力满足下属的第二种心理要求。在这方面，管理者应注意以下六点：

（1）向下属布置任务时，管理者不应故意回避自己应承担的一份责任。这是处理好上下级关系的大前提。

（2）管理者必须明确区分哪些是下属应负的直接责任，哪些是自己应负的领导责任，决不要含糊其词，模棱两可，让下属听了心里没底，或者感到"安全系数"太小,或者感到似乎有"空子"可钻。

(3)说话要留有余地,切忌凭空许诺,大包大揽。

有的管理者喜欢拍着胸脯对下属说:"出了问题我负责!"这样做,表面看上去似乎给了下属一张"护身符",实际上有头脑的下属并不相信自己的上司果真能够承担一切严重后果,过分的承诺,反而容易使人产生怀疑。领导者的大包大揽,还容易诱使下属放松警惕,给工作造成一些不必要的麻烦或损失。

(4)应当看到,下属承担责任和领导分担责任,本来是两个紧密相连,互相制约,缺一不可的"环"。

管理者替下属分担责任的目的,不仅是为了使下属增添几分安全感,更重要的还在于有意培养和增强下属对管理者的信任感,使下属愿意承担自己应负的"直接责任"。为此,管理者就必须毫不含糊地替下属分担下列责任:

①由于管理者做出的错误决策(包括正确决策中的"不正确"因素)所造成的损失;

②下属在执行任务过程中遇到各种不确定因素的影响和干扰所造成的挫折和失误;

③其他一切值得同情和谅解的过失。

(5)管理者一旦向下属做出分担责任的许诺,就应该遵守诺言,决不反悔。

当下属果真遇到不应由他负责的挫折和失误时,管理者不仅应该马上"兑现"自己的承诺,而且还应该向下属明确表示,愿意为下一个行动计划继续分担责任,以此来鼓励下属进一步树立战胜困难的信心和勇气。

(6)没有选择,也就没有艺术。

在某种意义上说,用人艺术,就体现在管理者在向下属委派任务时,如何极审慎地在"下属承担责任"和"领导分担责任"这两者之间,巧妙选择一个令双方都感到满意的交结"点"。而用人权术则不同,他或有意混淆这两者的界限,以便为管理者自己留一条退路,或言而无信,出尔反尔,在关键时刻拿下属当"替罪羊"。两种用人方式,尽管具有本质上的区别,但是,倘若管理者稍有不慎,也可能不知不觉地从前者滑向后者。这一点是需要予以特别注意的。

总之,承担责任,一要分清职责,二要适度。在此基础上,管理者要严以律己,像李云龙那样敢于为下属分担责任。只要做到这些,下属就会拥护你并且心甘情愿地服从上级的调遣,整个用人行为才能取得预期的良好效果。

5. 让你的队伍充满战斗力

李云龙之所以敢打硬仗,这与他拥有一支充满战斗力的队伍有关,但是,如何让一支队伍充满战斗力呢?李云龙善于运用一些高效的管理手段的做法值得借鉴。

　　管理者的凝聚力直接关系到公司的战斗力。在军队中一般人都知道，凝聚力能使战斗力产生相乘效果。也就是说，只要一个部队团结，它的战斗力就会增加好多倍。一个小而弱的部队，经由极强的凝聚力，往往能战胜大过它好几倍的强敌。

　　在越战中的很多美军部队就缺乏这种凝聚力。这是因为陆军方面的轮调政策，乃是以个人为单位，服役满了一年就调走。结果是每个单位里的人来来去去，川流不息，从来就没有稳定过。陆军方面本来是可以维持这些部队的团结的，只要整个部队轮调，而不是以个人轮调的方式。这项政策使美军的自信心、纪律和战斗能力大为破坏。

　　团结的团体始终会胜过其他缺乏团结的团体。有位科学家对凝聚力做了很详尽的研究，得出了这项结论。

　　位于华盛顿特区的美国国防大学，有一位约翰·布莱德斯中校对凝聚力这个问题下了一番功夫研究。他发现：在他调查的四处美军大训练地区里，成绩越好的单位，凝聚力就越强。

　　根据布莱德斯的研究结果，凝聚力所以有这种成果，乃是因为成员的关系良好，更能有效利用团体的资产。这些资产包括团体成员的能力、可用时间和装备等等。

　　布莱德斯同时发现：在那些受训的排级单位里，凝聚力强的排，在做基本训练时，其优越性就表现无遗，在单兵技能和射击方面都超过其他的排；在体能训练、基本训练和分列式训练、单兵技术测验时，成绩更是如此。

为什么会如此？

这是因为在凝聚力强的排里，那些比较聪明、技术较好的士兵，会自动牺牲休息时间来教导那些较笨、赶不上进度的同胞。布莱德斯的结论是：因此，假若这个团体的成员能力强，自信心旺盛，这个团体会更加团结，而成绩也会来得更好。

假若你见过一支普通的球队，因为他们在一起训练和比赛很久，而能击败一支全明星临时组成的球队，你就能明白其中的道理了。

中国人具有"非友即敌"的二分法民族性格，同时也是极端的个人主义者。在两种特征之下，一般人"利己"与"利吾友"的倾向甚浓，因此极致发展的结果在生活上容易影响公益，在工作上容易造成团体精神的缺乏。

一个聪明的管理者要使他的员工具有对工作团体的向心力，可以依照下列八个方法来提高内聚力。

（1）给予员工全体合一的认同

不论在会议的场合或指派命令的时刻，要在谈话中强调"我们"、"我们这个部门"或者"我们这个团体"，如此，才能使得员工觉得管理者与他们同一阵线。如果一味地讲"你如何……"或"我怎样……"，员工的心目中便会觉得工作团体不甚重要，所以也容易显得满不在乎。

（2）建立团体的传统

管理者在适当的场合偶尔可以把过去一些好玩、特殊而刺激的事件，不露痕迹地向员工叙述或娓娓道来；另一方面每当员工生日或其他值得祝贺的事件发生时，管理者应该主动安排庆祝会，这样日子一久，团体的历史逐渐形成，有了历史，工作团体自然增加对员工的吸引力。

（3）强调团体工作的重要性

管理者应该以身作则地表示"只要我们赢了，谁应该居功都无所谓"的观念，换句话说，管理者时时刻刻要担心这个工作团体是否能达到目标，而不必担心谁出风头谁居功的问题，如此，大家都会全力以赴。

（4）适当对优良的员工行为给予认可褒奖

管理者必须小心翼翼揣摩员工的心理，观察员工的表现，随时给予协助、认可、鼓励与赞扬，明确地向员工说明他对团体的重要性。如果有哪一位员工赞美同仁的表现，那么也应该褒奖这一位员工的建设性行为。久而久之，这个工作团体的气氛就会显得和谐而融洽。

（5）设立清楚而容易达到的团体目标

在建立公司的长期目标蓝图后，应该摘要其大纲传达给员工，但是更应该在这项长期计划的参考架构内，制定一些短期而明确的目标，这些短期的目标应该让人一目了然，而且具体可行唾手可得。如果目标过于笼统而高不可攀，则员工的斗志容易丧失。

（6）实施团体激励的措施

除了个人奖金的制度以外，应该设定一套奖赏的办法，以便配合团体激励的政策；此外公司得到特殊的奖励，也应该与员工共享成果。

（7）心理上与员工保持亲近

要采用参与观察态度与员工保持联系，适度参与员工的活动，以了解他们的感觉与想法，同时必须保持距离，否则过度的深入参与会带来彼此的熟稔，而熟稔容易招致员工的轻视。

（8）把员工当做人来看待

许多管理者养尊处优，己贵人贱的观念难免乘机在脑海里生根，于是容易期望员工多付出一点，也认为应该如此。如果把员工当人来看待，容易产生彼此的谅解。

另外，与员工增进共同的体验也可产生伙伴意识。此项共同的体验，如果是共当劳苦，则更可增进密不可分的伙伴关系。

所以，与其与员工共进午餐，不如当员工晚上在公司加班时，你也加入他们之中，如此必能加强同甘共苦的患难意识。

在一个企业组织里，各种团体如具有高度的内聚力，那么，员工之间的沟通会迅速，产量会提高，工作会有效率，而且看重团体的名声，如此一来，整个组织的目标易于达到，企业得以生生不息。

下篇

舞剑力求一招制敌

运用超常规思维赢得竞争优势

亮剑，就是即使明知打不赢，也要拔出剑来挺身而上，但是有一点必须明确：亮剑固然需要一股泰山压顶不弯腰的气概，但也绝不是有勇无谋。李云龙虽然大字不识几个，但做事务实的他很善于运用超常规思维，使用常人想不到的方法出奇制胜。在他看来，亮剑既要亮出气势，更要以一招制敌的招法亮出实效。

第七章
亮剑出招要进退有序

剑术讲究步法,也就是要讲进退。进是追求对敌胜利的需要,退也是保存力量的必要策略。李云龙进时可以率师部几十号人冲到敌军的腹心地带,退时也有舍弃一个主力团的断腕之举。只知进的人是一介莽夫,进退有序的人才是亮剑、用剑的高手。

1. 维护与还击合为一体

李云龙非常清楚什么时候该退却,什么时候该反击,他退却时,对方会感到自己的渺小;反击时,则会让对方为自己的肆意冒犯而后悔不已。他判断该不该还击的标准就是对方的行为是否对自己造成了原则上的伤害。现实生活中,我们可能会碰到很多冲突、矛盾,而李云龙的这种解决问题的方法对我们就很有启示。

一个人处于现实之中，其实就是处在了一个多重的矛盾"磁场"里，如自身的、自身与外界以及外界因素之间的各种层次大小不一的矛盾冲突。所有这些，倘若处理不好，足以让人失去举动的方寸。

在 NBA1985—1986 赛季结束时，乔丹的左脚有一点儿微伤，公牛队经理克劳斯对乔丹说："你是公牛队的财产，我们有权告诉你，你可以做什么和不可以做什么。"这一句话足以冒犯乔丹神圣的个人原则，他有些恼怒，但是，良好的个人修养使得他控制住了自己的脾气。他在自传中说："他们说，如果我去参加任何比赛，他们将处罚我。我回答说：'你们不能控制我的时间，夏季是我的时间，每年 8 个月我为公牛效力，但我不是任何人的财产。'几周后，他们听说我要去拉斯韦加斯参加一场球赛。当我到拉斯韦加斯后，克劳斯送来了一个小条说：我们知道你不会参赛，但如果你参赛，我们将处以最高的罚金。我火了。我到场上一看，见到克劳斯一帮人正在前排座位上，他们是要监视我。这时，北卡罗来纳队正在更衣室里更衣，我走进更衣室说道：'给我球衣。'我参加了比赛，他们真想罚我，但我有'为爱打球而打球'特殊规定的保护，他们未能得逞。克劳斯一帮人把每一个人都当作可吃的肉一样对待，他们也想这样对待我。"

乔丹继续写道："我从来不是为金钱而打球的。对杰里·劳恩斯多夫（公牛队老板）而言，钱永远是一个问题。他们不知道的是我的自尊心，他们不能触犯的正是我的自尊心。我有我的自尊心，不管人们说什么或做什么，都不能改变我的自尊心。"

乔丹发火了。他用自己的行为维护了自己的尊严，并取得了成功。

在这里，乔丹维护自我尊严与挣钱，遵照内心指示与反击公牛队经理与老板，都构成了冲突矛盾，任何失之偏颇的举动，都有可能造成只能得其一或干脆都失去。因此，能将维护自我与反击对手巧妙地合为一体，便是找到了矛盾的平衡点的最佳策略。可贵的是，乔丹做到了，取舍得失在他那里被理智地处理，从而使他将自我的损害降到了最低点。

这是对具体的事情而言。面对人生的整体状态，我们显然都想把它调整到最好的程度。但为什么在绝大多数的时候，有许多人却常常陷入紧张甚至痛苦呢？仔细探究一下，这一切恐怕都是因为他们自己"选择"让身外的人和事来烦扰、伤害自己。试想，如果你能对于那些越惹越麻烦的事物转过背去，你将永远不知道烦恼是何种滋味。

就像有些人什么事都要说闲话，他们总是说大话，一切事情都要看得很严重，制造争执和神秘感。其实你完全不必把牢骚放在心上，否则就会让自己没来由地忧心忡忡，把应该抛诸脑后的忧虑放在心上，这是舍本逐末的行为。许多事情在当时看起来很重要，其实如果不予理会，也只是无关紧要的事；而有一些事情原本是琐碎的，如果你去注意，它却变得不容忽视。事情在开始时很容易处理，但是到后来可就使人棘手了。有时，药方就是致病根源；让事情自然发展是人生最令人满意的法则。

记住：是你选择让事情来烦你。你大可以轻松地选择不去注意那些恼人的冒犯者，不去考虑琐碎而且不值得你关心的事务，这就是最有效的方法。你不予回应的事就无法拖住你，无法让你陷入徒劳无益的纠葛，这样不会伤到你的尊严。对付恼人的小角色，教训他们的最好方法就是不理不睬，抛之脑后。学着打出轻蔑这张牌，如此一来，就是由你界定冲突的状况，一切都是依照你的条件来进行。这是至高无上的权力姿态：维护自我与反击对手在你手里合为一体，你尽可以轻松应对任何人和事。注意瞧瞧这套战术如何激怒别人——他们的作为大半是要引起你的注意，当你不理不睬时，他们便会被挫折得踉踉跄跄。

与其不经心地将注意力集中在问题上，让别人察觉你是多么的关心、焦虑，因而让问题显得更严重，不如扮出不屑一顾的贵族姿态，不必屈就自己承认问题的存在，往往明智得多。

懂得如何丢出轻蔑这张牌，这是最"圆滑"的报复。因为有许多人如果不是因为他们有杰出的对手，我们根本对他们一无所知。没有一种报复比得上遗忘，因为这埋葬了那些毫无价值的人，使其默默无闻归于尘土。

所以，我们不妨效仿一下李云龙处理矛盾的方法：对于琐碎、微不足道的骚扰和冒犯，强而有力、动作过猛的回击就是浪费自己的功力；而对于非还击不可的冒犯，不做反应也近乎苟且忍辱。所以，面对那些我们所必须面对的一切，将自我维护与反击对手二者巧妙平衡处理，就像一个一手拿矛，一手持盾的士兵那样，攻防有致，稳扎稳打，也许算得上是一种最为高明的人生兵法。

2. 越是高手越要学会含而不露

大战过后，敌军指挥官毫不知道将自己打得一败涂地的李云龙是何许人也，这也间接反映了李云龙露中有隐，他在战场上出尽风头，但在权力与职位上却甘于淡泊。一个聪明人不单要能够进取，也要懂得自保，一手持矛攻击别人的同时，另一只手也该牢牢握紧盾牌，提防别人的攻击。

一般而言，在某一方面很"有两下子"的人，往往会很容易赢得在社会中的地位，也容易实现自己心目中的人生目标，或者他本身就已经面带笑容地站在胜利的终点上了。然而，在他的出击进取已经取得这样的成果之后，他手中那把锋利的"矛"又该如何处置呢？刀枪入库，这显然违背了"征途险恶、矛不离手"的基本原则；那么乘胜再战、一往无前呢？这或许很符合积极进取的人生观。然而，有一项必须注意的事项千万不能忘，那就是必须给自己再配备上合适的盾牌；即使在此之前，已经一路奋不顾身地冲杀过来了，但此时，在更高级别的"战斗"之中，更需要为自己尽可能多加几道"保险"。要知道，越是高手，所遭遇的对手的杀伤力也就会越强大。

隋代薛道衡，十三岁时即能讲《左氏春秋》，在隋高祖时，做内史侍郎，炀帝时任潘州刺史。大业五年，被召还京，上《高祖颂》。炀帝看了很不高兴，说："这只是文辞漂亮而已！"炀帝为什么持如此态度呢？因为他本人正是一个自认文才高而傲视天下之士的人，并且嫉妒心极强，不想让别人超过自己。御史大夫乘机说道衡自负才气，不听训示，有无君之心。于是炀帝便下令把道衡绞死。天下人都认为道衡死得冤枉。其实这不正是因为他的"矛"足够锋利而相应地"盾"却不够坚固而导致命丧黄泉的吗？

那么，遇到这种情况怎么办呢？《庄子》中提出"意怠"哲学。"意怠"是一种很会鼓动翅膀的鸟，别的方面毫无出众之处。别的鸟飞，它也跟着飞；傍晚归巢，它也跟着归巢。队伍前进时它从不争先，后退时也从不落后。吃东西时不抢食、不脱队，因此很少受到威胁。表面看来，这种生存方式显得有些保守，但是仔细想想，这样做也许是最可取的。凡事预先留条退路，不过分炫耀自己的才能，这种人才不会犯大错。这是现代高度竞争的社会里，看似平庸，却是能按自己的方式生存的一种方法。

南朝刘宋王僧虔，是东晋王导的孙子。宋文帝时官为太子中庶子，武帝时为尚书令。年纪很轻的时候，僧虔就以善写隶书闻名。宋文帝看到他写在白扇上面的字，曾赞叹道："不仅是字超过了王献之，风度气质也超过了他。"当擅长书法的宋孝武帝即位后，想一人以书名闻天下时，僧虔便不敢再露出自己的真迹了，而是常常把字写得很差，因此而得以平安无事。

所以说，越是手中之"矛"锋利无比的人，越是有必要把自己护身的"盾"打造得更为坚固。因为只有这样，才能让二者相得益彰，而不是相反。

在西汉时洛阳有一位男子因与人结怨而处境困难。许多在当地有头脸的人出面当和事佬，但对方一句话也听不进去，最后只好请大侠郭解出面。为了排解纠纷，郭解晚上悄悄地造访对方，热心地进行劝服，对方逐渐答应让步了。这时，如果是普通人，一定会以对方的转变而沾沾自喜，但郭解却不然。他对那位接受劝解的人说："我听说你对前几次的调解都不肯接受，这次很荣幸能接受我的调解。不过，身为外地人的我，却压倒本地有名望的人，成功地排解了你们的纠纷，这实在是违背常理。因此，我希望你这次就当作我的调解失败，等到我回去，再由当地的有威望的人来调解时才接受，怎么样？"

这种做法看起来实在是异于常人，但细想起来，难道不正是一种使自己免遭众人嫉恨的明智之举吗？如此既保护了自己，又留下了为人称道的功绩。谁能说郭解不是大智之人呢？比较起来，那些极力显示自己的"矛"锋利，身上却一无遮拦的人，才是真正的大愚若智啊。

3. 出招要动静结合

亮剑出招归根结底，目的只是一个，那就是一方面能让自己朝着预定的成功目标贴近，并最终猎取到手；另一方面，就是要保证在这个过程之中，能把各种外来的打击和潜在的危险降到最低。这也正是李云龙能赢得辉煌战果的原因所在。

这种战术将动与静完美地结合在了一起:"矛""盾"并用,攻守兼备。在人生角斗场上,高手们各显其能,他们用自己的成功结果充分印证了这一策略的"先进性"。历史上这样的实例可谓不胜枚举。

唐高祖李渊建立唐王朝后,太子李建成和齐王李元吉勾结,多次陷害立有大功的秦王李世民,兄弟间一场生死拼杀在所难免。

李世民身边的文臣武将屡次进言,劝李世民早作打算,抢先动手。李世民每到这个时候,便会面带苦容,叹息不止,说:"我们乃是一母同胞的兄弟,纵是他们的不对,我又怎么忍心呢?还是委屈一下吧,时日一长,他们也许会知错而改,一切烟消云散。"

别人都十分着急,深怪他心有仁念,坐失良机。李世民对此如若未闻,暗中却把他心腹的将领尉迟敬德等人找来,对他们说:"你们的好心,我岂能不知?不过现在我们安排未妥,事无头绪,又怎能草率行事呢?事若不密,为人察觉,只怕我们先得人头落地了。还望各位详作筹划,切勿泄露。"

李世民边忍边动,加紧布置。由于他表面从容安静,处处示弱,李建成、李元吉果真被欺骗,暗中得意。他们按部就班,一步步地实施整倒李世民的计划,只想假以时日,不愁大事不成。

不久,有报说突厥兵犯境,李建成便保举李元吉为帅,带兵迎敌。李元吉又乘势请求李渊把秦王李世民的兵马归他指挥,李渊答应了他的要求。李世民和他的文臣武将一眼便看穿了他们的阴谋,李世民见群情激奋，故做痛苦的模样安抚众人说："皇上既已同意，看来我只能束手待毙了。这是天意，我又能怎么样呢？"

众人见此，信以为真，不禁泣泪苦劝；有的还要告辞而去，以示抗议。只有几个知情者以目示意，不露声色。

这时又有人进来密告李世民，说太子与齐王早已定下计谋，只等李世民等人给齐王出征送行时，便要密伏勇士，趁机全部杀光，然后太子登位，封齐王为太弟。

众人听此，皆发怒喝，情绪更为激动。李世民见火候已到，这才长叹一声，对众人说："我是被逼如此，各位都是明证。事已至此，只有先发制人，我们才能铲除强敌保全性命。"

李世民分兵派将，伏兵于玄武门。第二天，李建成、李元吉上朝在此经过，伏兵齐出，他们二人猝不及防，李建成被李世民射死，李元吉被尉迟敬德砍杀。

没过多久，李渊便让位李世民。李世民登基为帝，终于实现了他的梦想。

李世民的这种表面静止，暗中动手的"矛"、"盾"并用策略，可谓一箭双雕。一是麻痹了李建成和李元吉，二是激起了手下文臣武将的义愤情绪，待时机一到，自然一举成功。倘若明着与之对抗，则不但要大大损耗自己的力量，也会因此招来非议，于名声有害。与这种"静"与"动"的策略相似，兵法上的"明修栈道，暗度陈仓"则更让敌人出乎意料，防不胜防。

公元前206年，项羽率四十万大军挺进关中，意欲攻下咸阳。这里土地肥沃，是秦王朝的核心地区，所以秦兵把守得很牢。进至函谷关时，他才获悉，刘邦的十万大军早已攻占了咸阳城，并自立为关中王了。因为当时农民起义军领袖楚怀王曾许诺：反秦的起义军中，谁第一个攻下咸阳，谁就为关中王。

刘邦的战绩激怒了项羽。他率兵逼进关中，在鸿门（今陕西省临潼东面）扎下营寨，并宣称要消灭刘邦。这时，刘邦在兵力上处于劣势，不能与项羽对抗。所以他亲赴鸿门想稳住项羽。项羽设宴招待刘邦。席间，项羽的谋士范增示意项羽的堂弟项庄在刘邦座前舞剑，企图乘机刺杀他。因为在范增看来，今后刘邦必将是项羽的劲敌。但由于张良和樊哙的保护，刘邦在终席前以"如厕"为借口，逃离了项羽的营寨。

结果，刘邦把咸阳和关中让给了项羽。项羽则在公元前206年自封"西楚霸王"。他的势力范围在今江苏、安徽、山东、河南地区，并定都彭城（今江苏徐州市）。中国其余地区被分为十八个封地。项羽希望刘邦离他愈远愈好。于是就把汉中封给了刘邦，也就是今四川东部和西部地区以及陕西的西南部地区，再加上湖北一小部。刘邦也就因此获得"汉中王"的称号。自此也就有了汉朝的国号和年号。为了防备刘邦今后有非分之想，项羽把与汉中相邻的关中分成了三部分，分别封给三个秦朝降将。直接与刘邦相接的雍王就是原秦将章邯。

这样一来，刘邦不得不离开关中。在从关中迁往汉中途中，他命人将途中的一条一百多里长的栈道烧毁。此举一方面可以防止诸侯，特别是章邯军队的入侵，另一方面也可以迷惑项羽，似乎刘邦再也无意回关中了。

过了不久，还是在公元前206年这一年，没有得到项羽分封的田荣在原先齐国地区起兵反对项羽。刘邦命韩信做好进攻关中的准备。为了蒙骗敌人，韩信派一些士兵前去修复栈道。章邯得知，觉得十分好笑，说："想用这么几个人把栈道重新修好，简直像儿戏一般。"其实韩信并非真的打算从栈道进攻关中。就在重修栈道开始后不久，他已率领刘邦军队的主力从一条小路，即故道（今陕西凤翔西北）迂回到了陈仓。章邯仓促应战，结果大败。

　　这种做法似乎有明里一套，暗中一套的嫌疑，然而原来就不无残酷的人生战场上，这种以动为"矛"进攻、以静为"盾"护驾的招式，既是颇有实效的，也是不应加以否定的，李云龙的成功已经印证了这一点。其实现实中的人情和算计不正是虚虚实实、捉摸不定的吗？如果不能去很好地运用适当的策略应对，就会被无情地挤兑出来，更不要说掌控局势，夺取最终的胜利了。

4. 虚实中的进退招法

　　兵法上讲究"虚而实之，实而虚之"。李云龙虽未读过军校，对这一战术却也颇为精通。他可以将手中的兵器全部隐藏起来，迷惑最狡猾的对手。这种疑兵之计不可谓不高。这种策略同样适用于人生竞技场，只有把握了虚实进退之道才能各种情况下应对自如。

"矛"与"盾"作为人生战场上的一种兵器，不管如何，只要一拿出来，就理所当然地会引起对手的警觉和防备，并且会想尽一切办法将其破解掉。因此，善于将"矛""盾"的功效在任何情况下都能发挥出来的高手，往往会制造出一种虚实不定的形势，在对手的不知不觉中，将他的攻击化解掉，而同时又给其以致命的打击。

民国时期，在上海有家当铺。掌柜的是位年逾六旬的老师傅，他经营当铺已四五十年，收徒不下百余人，同行中人都尊敬地称他老前辈。然而，这位老前辈谨慎一生，疏忽一时，在一次典当中受了骗。

一日午后，老前辈静坐于柜中。这时忽来一人，郑重地取出一颗大似豆且精圆光润的冬珠，要求典当。老前辈细细品鉴之下，认定那冬珠乃千金珍品，遂邀请来人入内室商量质价。来人坚决索要500元，老前辈还以300元，双方讨价还价。最后，来人声称急用钱，请老前辈加到450元，另以小珠20颗再质50元，凑成500元。他顺手取出珠一颗，说道："其他19颗等我回店取来。"老前辈答应了。过不多时，那人果然手持一盒又来，把小盒递给老前辈，说道："这盒里共50粒，请您细细选之。"老前辈全神贯注地在盒内精选小珍珠，那人则在一旁冷嘲热讽，继而说道："您的缜密，可谓到家了，还是请您先收起冬珠，不要光在小珠上斤斤计较，须知我一周之后，即来赎取的。"老前辈闻言，顿时感到惭愧，忙将大小珠一起收藏，然后取出钞票，交给对方。那人走后，老前辈遂将冬珠重新审视一番，顿时大惊失色：原来所谓冬珠系赝品。老前辈努力回忆方才之情景，断定骗子所持求质珍珠是真的，后来利用挑选小珠的机会，以同样的假珠换了真珠。

老前辈受了诈骗，心中怏怏不乐，更觉从此名声扫地。为了挽回名声和那笔钱款，他陡生一计：他用假货骗我，我也以假珠骗他。想到这里，遂去谒见典东，自请辞职。

临行的前一日，老前辈忽然发了大批请帖，将典当同行和珠宝业中的代表，共100余人，邀至某大餐馆设宴话别。席间，老前辈取出伪珠，道出原委，客人们接过珍珠相互传观，连连称赞那冬珠制造精巧，虽然是假货，但很难分辨。老前辈起身，对众宾客道："老夫一世英名，断送于此；毕生积蓄，赔了一半。这是我一时疏忽，咎由自取，不须怨天尤人；但是那个骗子手握如此精巧的伪珠，更用种种骗术乘机以进，老夫恐怕众人上当受骗，所以在我辞职归家之前捣碎此珠，斩草除根，永绝后患，以解我心头之气！"言毕，手持铁锤，猛力一击，伪珠顿时粉碎，座客掌声四起，老前辈仰头哈哈大笑。随后宾主干杯，尽情畅饮。

第二天，老前辈佯装身体不舒服，暂缓动身。中午，忽来一人，将手中的当票交予店员，要求核算本利。店员接过一看，正是老前辈受骗的那笔生意！心里不免一惊，昨日那颗伪珠已被当众捣碎，这可怎么办！想到这里忙入内室找老前辈，惊叫道："老前辈，大事不好了，那人来赎冬珠了。"老前辈听了，大喜道："他果然来了，我知道他一定得来！"当即取出原珠，让店员交还来人。那人端详了好一会，默默无言，转身离去。这时，店员很感奇怪，昨日眼见此珠已被击碎，今日怎会完整如初？

原来，昨日席间传观的是那人的原物。而后砸碎的，则是预先准备好的另一颗假珠。在座诸人并没觉察到，但那骗子听到这个消息，贪心再起，故而持票取赎，意图借此大敲竹杠，哪里知道却中了老前辈的圈套！

与狡猾的对手周旋不但要虚招实招并用，而且要"矛"与"盾"齐上阵，攻中有防，防中带攻，虚实相间，攻防结合，才能让对手对自己既无懈可击，又难以招架。

民国骁将蔡锷将军，在与袁世凯斗智中，把虚实相间的矛盾兵法应用得可谓是滴水不漏。

袁世凯窃取革命果实后，想拉态度"暧昧"的蔡锷入伙，便以组阁为由，召其进京。蔡锷抱着放弃主义的态度，整天饮酒狎妓，在八大胡同流连忘返。尽管如此，袁仍不放心，每天都要派密探监视蔡锷的行踪。不久，袁氏称帝，蔡锷内心作痛却不动声色，也欣然劝进，晓谕部下拥戴帝制。蔡锷还整天与袁氏帮凶六君子、五财神、八大金刚等人周旋，甚至帮助筹备登基大典。袁氏疑虑稍减，并拿出巨款收买蔡锷。蔡锷暗中把钱存下以做日后大举经费，表面上更是沉溺于酒色，还经常留宿名妓小凤仙之处，甚至为此闹到法庭要与夫人离婚。

这下子，袁世凯放心了，把密探全部撤掉。对此，蔡锷仍没什么反应，反而整日忙于广置田产，修造房屋，收集古玩，连公府召见也难得一见他的影子。一天傍晚，蔡锷在小凤仙的住所举行宴会，遍请六君子、五财神等人，席间欢声笑语、丝竹齐鸣，加上猜拳行令，谑浪欢呼，一派花天酒地之象。蔡将军大饮大嚼，兴致欲狂，终于酩酊大醉，呕吐狼藉，来宾们也都酒意十足，畅然散去。次日天未破晓，小凤仙推醒蔡锷说："时间已经到了。"蔡将军猛然而起，悄然离去，赴天津，去日本，转道海上至云南。至云南独立，其他各省继起响应，人们方才领悟其深远之计。

蔡锷将军之所以纵情声色，购置田产，与妻子离婚等等，都不过是故意掩饰自己的真实面目，麻痹老奸巨猾的袁世凯，以为日后脱身做掩护之"盾"。对此，老奸巨猾的袁世凯毫无察觉，等达到目的后，手中长矛锋芒毕露时，袁氏也只能梦醒无奈，徒然懊悔。

看来，"矛"与"盾"在特定环境下的应用，也是很需要讲究策略的。因为处于复杂条件下的我们，即使有利矛坚盾，也总是不能随心所欲；很大程度上，对手的实力和"狡猾指数"才是我们灵活运用每一种策略的依据，这一点，应是必须加以注意的问题。

5. 无敌高手的剑从不出鞘

李云龙从来就没有争权夺利，与人攀比之心，遇到可敬的对手，他会赞叹一句"是条汉子！"对于自己的战友，他只在乎谁能抢到硬仗打，却从不在职位高低上计较，换句话说他只把自己视为对手，从不挺着脖子跟别人较劲。这种精神对现代人来说是难能可贵的，如果能少几分争强好胜之心的话，很多人也就不会那么心累。

人人都有攀比之心：希望自己比别人强，比别人出名；希望自己是个大人物。有了这样的想法之后，人们就开始拼命地去"攻城掠地"，有的甚至把自己弄得头破血流。但到了最后，却往往会发现，除了"累"和"茫然"以外，自己竟一无所得，害人不浅啊！

几年前，马思尼自己创业当老板，年收入超过50万美元。不料，就在公司的业绩如日中天的时候，他突然决定把公司交给太太经营，自己则转到一家大企业上班，月薪骤减为6000美元。为此，太太一度无法理解他："你们男人到底在想什么？"

马思尼透露，当时他的想法很简单：对方应允他可以拥有一间单独的办公室，旁边摆着一台音响，每天愉快地听着音乐工作，而这正是他一直最想过的日子。

马思尼并不想做大人物，所以他也从不认为自己就一定要当老板，有些事其实可以让别人去做。不过，他观察到大多数人好像都非得做个什么头儿，觉得有个头衔才有面子。

有一回，他听到一位年轻的同事要求升头儿，理由是："我的同学掏名片出来，个个都是头儿，只有我不是，我都被他们比下去了！"

马思尼承认，很多人不能接受"你比我好，你比我强"，总觉得自己一定要赢过别人。以前，他也有过同样的想法，到后来则发现这其实是"自己给自己的枷锁"。于是,他渐渐学会"欣赏"别人的成就,而不是处处跟别人比。"我跟别人比快乐!"他说,也许别人比我有钱,做的官比我大,但是,却比我活得辛苦,甚至还要赔上自己的健康和家庭。

马思尼说,他这辈子最想做的是当一名"义工",虽然没有名片也没有头衔,但却是一个非常快乐的人,"我希望能在五十岁之前,完成这个心愿"。

但大多数人往往是以工作和行动来决定自己存在的意义和价值的,这种人处处以目标为取向,他们在乎实实在在的好处,例如,口袋里有多少钱、开什么车、住什么房子、担任什么职务等等,此外的东西对他们显然不重要了。

曾有一个笑话将"开同学会"比喻为"比赛大会",看看谁的成就比谁好,谁赚的钞票比谁多。"嗯!这家伙这几年混得不错,现在已经爬到总经理的位置了!""那小子更风光,有自己的别墅,开的还是八缸名车!"看到别人比自己混得好,就浑身不自在,顿时觉得矮了一截。

有一名中年男士,早年费尽心力,终于拿到博士学位,并且在一所著名的大学里任教,他的名字曾经连续两年荣登《美国名人录》,在学术界享有盛名。提起自己的成就,他最得意的是:"很多当年的同学都很羡慕我!"

当提及他的生活时,他的表情开始转为凝重。他承认自己几乎没有家庭生活:"我一天只睡五个小时,绝大多数的时间都用来做研究。我的太太常和我争吵,女儿也跟我很疏远,我从来没有带他们出去度过一天假，所有的时间都给了工作。"

非得要把自己弄得那么累吗？他重重地叹了一口气："唉！你不知道，干我们这一行，不进则退，后面马上就有人追上来了！"那么，感觉快乐吗？他愣了许久，最后终于说出真话："凭良心说，我一点都不快乐，我恨死了我现在的工作！我只想好好坐下来，跷着二郎腿，什么事都不做。可是，我简直不敢回头想。以前，我的愿望只是想当一名高中老师。"

也许这种结局的对错我们不好直接评价。不过，下面的这个小故事也许会带给人们在这方面更多的思索：

很久以前，有一个年轻的武士，成天喜欢到处流浪，并且沿途寻找剑客挑战。由于他的剑术高超，顺利地击败了所有的对手。

年轻的剑客听说在北边的远方居住着一位有着传奇色彩的剑客，基于一心求胜的心理，年轻剑客决定去寻觅这位传奇人物，和他一较高下。费尽千辛万苦之后，终于在北方遥远的乡下见到了传说中的剑客。

年轻的剑客心想："对方一定是一位相貌堂堂、气质出众的伟大人物。"谁知，他第一眼看到的竟是衣着邋遢、不修边幅、长相普通、体型瘦小的老头，更出人意料的是，老头的剑已经锈得无法再从剑鞘中拔出来了。

年轻剑客上前说明来意，但老头不理他，只管低头专心吃着碗中的食物。忽然间，老头连眼皮都没抬起，伸手用筷子从空中夹住了四只苍蝇，一字排开放在桌子上面，然后继续低着头吃饭。

年轻剑客看得目瞪口呆，发现自己根本不可能在剑术上胜过这位老头,他的傲气顿时消失无踪。后来,年轻的剑客拜这位老头为师,多年之后,他的剑也同样锈在剑鞘里。

年轻的武士由此觉悟到,他过去其实一直在进行错误的争斗,处处追求武艺和打败别人的能力。然而,真正的争斗应该是与自己的争斗,胜利应该是意识到自我,而不是一定要打败别人。没错,真正的武士应该是李云龙一样的勇士,而不是当一介只会梗着脖子跟别人较劲儿的赳赳武夫。

第八章
以脑用剑而不是以手用剑

剑握在手中不假,但手头力气大的人未必会用剑。李云龙在率领全师接受丛林野战训练的过程中,深深感受到现代战争的复杂性,会动脑子,准备充分的部队才能打胜仗。确实,在科技越来越发达,社会分工越来越精细的今天,每一个人都应像李云龙那样思考一下:我落伍了吗?在哪些方面我还需要进一步挖掘自己的聪明才智?

1. 先断后路再找出路

李云龙在战场上创造了很多以弱胜强的奇迹。比如他就曾自断后路,带着小队人马扳倒了强大的对手,这不是鲁莽,是聪明,一个人如果总想着自己的后路,他就无法集中全力出击,所以很多时候自断后路就是在开辟生路。

有一句成语叫做"置之死地而后生",也就是说,斩断自己的后路,让自己陷入绝境中,往往却可以创造出奇迹。人们做事时,总想着要给自己留条后路,进可攻,退可守。这是一种比较谨慎的做法,但这种做法常会导致一个人失去进取心,所以必要的时候,我们应该主动斩断自己的退路,破釜沉舟的人往往能够绝地逢生。

南京有一个年轻人大学毕业后开始求职,但由于他所学的专业实在太冷,半年过去了,仍未找到工作。他的老家在一个偏远山区,为了供他上大学,家里已经拿出了全部的钱,所以即使再没有钱,他也不好意思再向家里伸手了。

2000年6月的一天,他终于弹尽粮绝了,在那个阳光和煦的午后,年轻人在大街上漫无目的地走着,路过一家大酒楼时,他停住了。他已经记不清有多久不曾吃过一顿有酒有菜的饱饭了。酒楼里那光亮整洁的餐桌,美味可口的佳肴,还有服务小姐温和礼貌的问候,令他无限向往。他的心中忽然升起一股不顾一切地勇气,于是便推开门走了进去,选一张靠窗的桌子坐下,然后从容地点菜。他简单地要了一份南烧茄子和一份扬州炒饭,想了想,又要了一瓶啤酒。吃过饭后,又将剩下的酒一饮而尽,他借酒壮胆,努力做出镇定的样子对服务员说:"麻烦你请经理出来一下,我有事找他谈。"

经理很快出来了,是个四十多岁的中年人。年轻人开口便问:"你们要雇人吗?我来打工行不行?"经理听后显然愣了:"怎么想到这里来找工呢?"他恳切地回答:"我刚才吃得很饱,我希望每天都能吃饱。我已经没有一分钱了,如果你不雇我,我就没办法还你的饭钱了。如果你可以让我来这里打工,那就有机会从我的工资中扣除今天的饭钱。"

酒楼经理忍不住笑了,向服务员要来他的点菜单看了看说:"你并不贪心,看来真的只是为了吃饱饭。这样吧,你先写个简历给我,看看可以给你安排个什么工作。"

此后这个年轻人开始了在这家酒店的打工生涯,历尽磨难,他从办公室文秘做到西餐部经理又做到酒店副总经理。再后来,他集资开起了自己的酒店。

俗话说:"置之死地而后生。"遇到非常时期,人是要有点非常思维和非常勇气的。在最后的关头,唯有抱着破釜沉舟的决心,才能绝地逢生。故事中的年轻人敢到酒楼里吃"霸王餐",并以一种奇特的方式向经理推荐自己,这都是因为他知道自己身无分文,已经没有退路了,因此才有了这种不顾一切地勇气,可以说他的成功其实是有一点偶然性的,我们可能永远都碰不上这样的情况,所以有时要拿出勇气斩断后路,让自己更快走向成功。

李先生从20世纪80年代中期起创办了一个内衣厂,正赶上发展的好时候,那几年结结实实赚了不少钱,等到世纪末时,他的内衣厂规模已经非常大了,但利润却逐年下降,几乎到了入不敷出的地步,原因是内衣市场的竞争越来越厉害,而内衣厂生产的内衣已经跟不上时代潮流了。经过几天的反复琢磨,李先生决定破釜沉舟,大干一场。他不顾妻儿的反对,取出了所有的存款,然后召开了全厂职工大会,会上他果断地宣布停止现有内衣样式的生产，请设计人员重新设计新型内衣，全厂职工都可以提出自己的想法，设计被录取的人，可获重奖，他沉重地说："这是我们最后的机会了，我拿出自己的全部存款搞设计，如果失败了，那么我就是一个一无所有的穷光蛋，而你们也将失业。但如果成功了，我就会按功行赏，你们的生活也就有了保障。失败得失在此一举，大家一起努力吧！"这件事使全厂上下都振奋起来，采购人员买来了市面上能找到的所有款式的内衣，设计人员不分昼夜搞设计，广大职工纷纷提出自己的看法，从样式、布料，再到裁剪，给设计人员提供了不少灵感，有时一天竟拿出20多套设计方案，一些职工还自动自发地跑上街头搞调研，看现在的女孩子究竟喜欢什么样的款式。而厂里的业务员更是拼尽全力拉客户。33天后，一批新款式内衣设计完成了，一些客户已经开始订了货，厂里的工人又开始加班加点的生产内衣……结果这些内衣一上市就受到了顾客好评：款式美观，质量好，价格适中。订货的客商像潮水一样涌来，李先生的内衣厂又复活了。

我们不得不佩服李先生的勇气和胆识，工厂陷入困境时，他本可以关闭工厂，遣散工人，这样做他还可以保住自己的存款，虽然失去了工厂，但一辈子还是可以衣食无忧。但他却不顾家人的反对，彻底断了自己的后路，跟员工一道为工厂的未来而努力奋斗，最终取得了辉煌的胜利。其实把自己推向绝路并不代表你必死无疑，不给自己留下退路，就没有了多余的顾虑，必将勇敢前行，而人在面临危险、绝望之际，往往会爆发一股无穷大的威力，因此会取得出人意料的成功。

爱惜生命、物品和金钱是人类的天性，但如果遇到危险或困难时，还受这种想法的局限,那你就会惨遭失败。"置之死地而后生,投之亡地而后存",有时只有破釜沉舟,才能有柳暗花明的结果。

2. 换个思路就是成功

敌军占领了优势阵地,别人都在思考怎样冲破敌人的火力网,李云龙考虑的却是怎样把敌人的优势转为劣势,最后,他果然把敌人的堡垒变成天然的牢房,全歼了劲敌,这给我们带来的启示就是:想问题不能直来直去,换个角度就可能产生完全不同的结果。

可能很多人都看过这样一则笑话:美国宇航局曾经为圆珠笔在太空不能顺畅使用而苦恼,提供巨资请专家研制新式品种。两年过去了,该科研项目进展缓慢。于是,宇航局向社会悬赏,征求此种"便利笔"。不料,很快来了一个小伙子,他向惊讶的官员们出示自己的"研究成果"——是一支铅笔。其实这个笑话告诉了我们一个道理:如果换个思路、换个角度看问题,你可能就会从失败迈向成功。

有一家生产牙膏的公司,产品优良,包装精美,深受广大消费者的喜爱,每年营业额蒸蒸日上。

记录显示，前十年每年的营业额增长率为15%～20%，不过，随后的几年里，业绩却停滞下来，每个月维持同样的数字。

公司总裁便召开全国经理级高层会议，以商讨对策。

会议中，有名年轻经理站起来，对总裁说："我手中有张纸，纸里有个建议，若您要使用我的建议，必须另付我10万元！"

总裁听了很生气说："我每个月都支付你薪水，另有分红、奖励。现在叫你来开会讨论，你还要另外要求10万元。是不是过分了？"

"总裁先生，请别误会。若我的建议行不通，您可以将它丢弃，一分钱也不必付。"年轻的经理解释说。

"好！"总裁接过那张纸后，看完，马上签了一张10万元支票给那年轻经理。

那张纸上只写了一句话：将现有的牙膏管口的直径扩大1毫米。

总裁马上下令更换新的包装。

试想，每天早上，每个消费者挤出比原来粗1毫米的牙膏，每天牙膏的消费量将多出多少呢？

这个决定，使该公司随后一年的营业额增加了25%。

当总裁要求增加产品销量时，绝大多数高级主管一定是在考虑怎样才能扩大市场份额，怎样才能把产品推广到更多地区，一些人可能连怎样在广告方面做文章都想到了，但这些都是老生常谈，只有那位年轻的经理换了个思路：增加老顾客的消费量，不是同样能达到增加销售的目的吗？而且这个方法更简单、更有效。灵活的思考对一个人的成功是非常必要的。能够从另一个角度看问题，见人所不见，善于突破常规，这就是创造。

19世纪50年代，美国西部刮起了一股淘金热。李维·施特劳斯随着淘金者来到旧金山，开办了一家专门针对淘金工人销售日用百货的小商店。一天，他看见很多淘金者用帆布搭帐篷和马车篷，就乘船购置了一大批帆布运回淘金工地出售。不想过去了很长时间，帆布却很少有人问津。李维·施特劳斯十分苦恼，但他并不甘心就这样轻易失败，便一边继续销帆布，一边积极思考对策。有一天，一位淘金工人告诉他，他们现在已不再需要帆布搭帐篷，却需要大量的裤子，因为矿工们穿的都是棉布裤子，很不耐磨。李维·施特劳特顿觉眼前一亮：帆布做帐篷卖销路不好，做成既结实又耐磨的裤子卖，说不定会大受欢迎！他领着那个淘金工人来到裁缝店，用帆布为他做了一条样式很别致的工装裤。这位工人穿上帆布工装裤十分高兴，逢人就讲这条"李维氏裤子"。消息传开后，人们纷纷前来询问，李维·施特劳斯当机立断，把剩余的帆布全部做成工装裤，结果很快就被抢购一空。由此，牛仔裤诞生了，并很快风靡全美，给李维·施特劳斯带来了巨大的财富。

在这个世界上，从来没有绝对的失败，有时候只要调整一下思路，转换一个视角，失败就会变成成功。很多人相信，如果失败了，就应该赶快换一个阵地再去奋斗，如果按照这种观点，李维·施特劳斯就应该把帆布锁进仓库里，或廉价甩卖出去，但幸好李维·斯特劳斯没有这么做。他没有放弃帆布，并且积极寻找解决问题的办法，终于从淘金工人的话里获得了启示：将帆布做成帆布裤，因此获得了成功，失败与成功相隔的并不远，有时也许只有半步距离。所以如果遭遇到了失败，千万不要轻易认输，更不要急于走开，只要保持冷静，勇于打破思维的定势，积极寻找对策，成功一定很快就会到来。

李云龙思考问题总是带着几分灵气，发散式的思维使他赢得了更多成功机会。一个聪明的人，不会总在一个层次做固定思考，他们知道很多事情都是多面体，如果你在一个方向碰了壁，那也不要紧，换个角度你就会走向成功。

3. 从不可能中找机会

在李云龙的字典里从来就没有"不可能"这三个字，在别人都认为遇到了绝境时，他却能找到突破的方法，这就是思考问题的方式不同所造成的区别。思考问题时，我们应该摆脱惯性思维的限制，不去预设立场，然后你就会发现"不可能"中往往藏着宝贵的机会。

人们往往会受到思维定式的限制，一旦碰到用现有方法解决不了的事情，就认为这件事不可能成功了，只要你能突破这种惯性思维，你就会知道世界上根本没有所谓的不可能。

曾有人做过这样一个实验：他们把5只猴子关在一个笼子里，并在笼子上边挂上了一个鲜桃。笼子四周安装了粗铁丝网，所以这些猴子如果想要吃到桃子是一件很容易的事情，它们只要攀上铁丝网就可以拿到它了。最初，当它们想去摘桃子时，人们就会施以电击。反复几次后，实验人员不再用电流刺激它们，但却再也没有猴子敢去摘桃了。

人类也是这样，我们被关在思维定式的笼子里，很多事不敢去尝试，就认为它是不可能完成的任务，因为跳不出思维的笼子，所以永远也得不到我们生命中的"桃子"。其实很多看似不可能的事情，只要打开思路，你就可以获得成功。

有一家效益相当好的大公司，决定进一步扩大经营规模，高薪招聘营销主管。广告一打出来，报名者云集。面对众多应聘者，招聘工作的负责人说："相马不如赛马。"为了能选拔出高素质的营销人员，我们出一道实践性的试题：就是想办法把木梳卖给和尚。绝大多数应聘者感到困惑不解，甚至愤怒：出家人剃度为僧，要木梳有何用？这岂不是神经错乱，故意刁难人吗？过一会儿，应聘者接连拂袖而去，几乎散尽。最后只剩下三个应聘者：张山、王平和李武。负责人对剩下的三个应聘者交代："以10日为限，届时请各位将销售成果向我汇报。"

10日期到。负责人问张山："卖出多少？"答："一把。""怎么卖的？"

张山讲述了历尽的辛苦，以及受到和尚的责骂和追打的委屈。好在下山途中遇到一个小和尚，一边晒太阳一边使劲挠着又脏又厚的头皮。张山灵机一动，赶忙递上了木梳，小和尚用后满心欢喜，于是买下一把。

负责人又问王平："卖出多少？"答："10把。""怎么卖的？"王平说他去了一座名山古寺。由于山高风大，进香者的头发都被吹乱了。王平找到了寺院的住持说："蓬后垢面是对佛的不敬。应在每座庙的香案前放把木梳，供善男信女梳理鬓发。"住持采纳了王平的建议。那山共有10座庙，于是买下10把木梳。

负责人又问李武："卖出多少？"答："1000把。"负责人惊问："怎么卖出的？"李武说，他到一个颇具盛名、香火极旺的深山宝刹，朝圣者如云，施主络绎不绝。李武对住持说："凡来进香朝拜者，多有一颗虔诚的心，宝刹应有所回赠，以做纪念，保佑其平安吉祥，鼓励其多做善事。我有一批木梳，你的书法超群，可先刻'积善梳'三个字，然后便可做赠品。"住持大喜，立即买下1000把木梳，并请李武小住几天，共同出席了首次赠送'积善梳'的仪式。得到'积善梳'的施主和香客，很是高兴，一传十，十传百，朝圣者更多，香火也更旺。这还不算，住持希望李武再多卖一些不同档次的木梳，以便分层次地赠给各种类型的施主和香客。

把木梳卖给和尚，大多数人听了都会觉得这件事太荒谬了。因为我们每个人都知道，和尚是用不着木梳的。注意！这就是我们的惯性思维，我们遇到问题时，总根据自己已有的知识，按照一种固定的思路去考虑问题，结果我们就只注意到了"和尚用不着木梳"这个常识，而忽略了木梳除了实用价值，还可以拥有其他的附加价值。而李武却想到了，他把木梳作为一种礼品卖了出去。不是这个办法太高深莫测，一般人想不到，而是因为在现实生活中，人们已经根深蒂固地形成了一种观念：木梳是梳理头发的工具，除此之外别无他途。

观念给我们在思考问题时带来倾向性，解决一般问题的时候可以起到"驾轻就熟"的积极作用。但是很多时候它是一种障碍,一种束缚。所以,如果我们想让自己更成功,就要摆脱固定的思维模式,不断提出解决问题的新观念,你会发现一切皆有可能。

4. 何必跟人挤"阳关道"

桀骜不驯的李云龙是另辟蹊径的高手,寻常的坦途他偏不走,一定要在"独木桥"上创造辉煌。他这是在冒险吗?不,他恰恰是选择了风险最低的一条路,很多时候,越是冷僻的路,走起来就越顺畅。

每一条"阳关大道"上都挤满了盲目的人群,因此,这些"阳关道"有时并不好走,甚至还有摔倒或被挤出队伍的危险。"独木桥"虽然狭窄,但由于是一个人走,所以难度大大降低,"独木桥"也就成了"阳关道"。

有一次,公司请一位商界奇才做报告,大家非常希望能听他谈谈成功之道,以对自己的发展有所帮助。

但他只是说:"还是出一道题考考你们吧。"

"某地发现了一处金矿,于是人们一窝蜂地拥去开采。然而,一条大河挡住了必经之道，如果是你，你会怎么办？"

"绕道走，就是费点时间。"有人说。

"干脆游过去。"

但是他却含笑不语，等人们议论声过后，他开口了："为什么非得去淘金？为什么不可以买一条船开展营运？"

全场愕然。

他却说："那样的情况下，你就是宰得渡客只剩下一条短裤，他们也会心甘情愿呀！因为前面有金矿啊！"

淘金确实是条"阳关道"，淘到了金子你就可以发财，这样的好事谁不愿意去做。但淘金的人太多了，这条路就可能变成"独木桥"，为了金子动手、动口、动刀、动枪，这都不是什么稀罕事，所以你何不试试走"独木桥"呢？渡船是小本买卖，本来不会有多少利润，但因为只有你在做，所以你就占据了优势，你尽可以漫天开价，还怕那些想渡河的人不付钱吗？

生活中，我们总是盯着"阳关道"，跟别人互相推着、挤着，结果很多时候弄得头破血流，却还是一无所获，但如果你能试着换一条人生之路，也许会走得更顺畅。

1998年，张野第三次高考落榜，这一次，他拒绝了父母让他再复读的建议，决定去做点别的，张野的父母都是知识分子，他的哥哥姐姐也都考上了大学，父母觉得一个人如果上不了大学，那他就永远也不能出人头地，因此张野的想法在家里引起了轩然大波。没有理会家人的反对，张野开始了自己的创业历程，他相信成功的路不止一条，自己没必要非往高考的窄门挤。张野试过很多工作：卖服装、开报刊亭、办搬家公司……但都没有成功。2001年夏天，他在某报纸上看到了一则诚招加盟某高级干洗连锁店的广告，经过分析，他认为前景不错，便果断地投入了资金办起一间连锁店。三年过去了，张野的生意越做越大，手下已经拥有7间分店，并被当地评为十大杰出青年，他的父亲感叹地说："真没想到，这小子走'独木桥'竟然走出了名堂！"

张野在第三次落榜后，就决定放弃自己的大学梦，另闯一条适合自己的路，这绝不是意气用事，而是在人生路口上从另一种思路出发做出的新选择。但是，值得说明的是，这种选择并不是以消极的或者反动的方式进行的：像有的人那样，一旦在自己的人生路上遇到点挫折和坎坷，不是沉沦消极，怨天尤人，就是不思进取，自暴自弃，而是以一种"山重水复疑无路，柳暗花明又一村"的乐观、通脱、放达的人生态度，独辟蹊径，走向人生的另一境界。

当然，做到这一点，一是要有相当坚强的意志和良好的心理素质，二是要有相当程度的自信心，三是要有在人生关键时刻敢于重新选择自己命运的勇气和魄力。三者缺一不可。因为，如果没有坚强的意志和良好的心理素质，就不能正确对待经过多次努力后的失败，就不能承受这种比摧毁人的肉体更具杀伤力地对人的心理和精神的摧毁；没有对自己相当程度的自信心，就不能在挫折和坎坷中重新站起来，并且一直走下去更不会有在人生的关键时刻放弃大家都走的路而重新选择属于自己的出路的勇气和魄力。

当然，做到这一点在不同的条件下具有不同的意义。比如，当社会为个人的重新选择提供了某些新选择的愿望和意向相当或者相同时，人的重新选择就容易得多。就是我们经常说的时势造英雄，时势一般指时代形势处于变化多端，社会环境处于大动荡大变革时期的社会环境，这种环境实际上等于给一切具有英雄气质的人提供了一个施展才华并且成为英雄的机遇，也就是说，这是一个需要英雄而且必将产生英雄的时代。如，曹操的脱颖而出在相当程度上就是时代需要和他个人的努力相一致的结果。但是，如果社会并没有为英雄的产生提供条件，或者社会正处于相对平稳的发展时期，这时，人们的思想意识也自然会处于相对平稳状态，这时英雄的产生就比较困难。特别是，当一个人的选择与时代的要求和同时代人的选择相左时，这种选择不但不会为时代所容纳和承认，同时也会遇到来自各方面的阻力。

张野无疑属于后者，这也从反面证实了在正确的方法下勇于放弃和选择的做人思路。在张野的父母看来，考上大学是一个人在社会立足的唯一办法，但张野却没有按照家庭给他规划好的路线走下去，而是义无反顾地对他的人生进行了重新规划——放弃可能让他一步登天的高考，选择了一条艰难的创业之路。

实践证明，张野的选择不但显示出他过人的胆识和魄力，而且也说明，人的价值的实现途径是多样的，关键是你能否正确地对待自己，客观地估价自己。一个人只有正确而客观地对待和估价自己，他才能够面对现实对自己的人生之路做出正确的选择。

当然，当人对自己的人生之路进行重新选择时，还应该具有超前意识，也就是说，这种选择应该是以对社会的发展趋势的正确判断和准确把握为前提，而不应是盲目的，这样，你才能保证重新选择的正确性。不随大流走自己选择的冷僻路，是一条充满荆棘与鲜花的刺激之旅。要么跌得很惨，要么掌声雷动。但肯定的是在这个过程中是要付出很多的。但只要你有胆识，能坚持，你就可以获得无比辉煌的成功。

5. 反向思维让你反败为胜

在考虑问题时不但应该放宽去想，还应该反向去想，反向思维虽然有点"险"，但却常能出奇制胜，这也正是李云龙的法宝之一。

反向思维是不随大流走最极端的形式，它不但不随，反而朝相反的方向走。这种反向思维虽然有点冒险，但却常因独辟蹊径，而获得起死回生、反败为胜的作用。

从前，有位商人和他长大成人的儿子一起出海远行。他们随身带上了满满一箱子珠宝，准备在旅途中卖掉，但是没有向任何人透露过这一秘密。一天，商人偶然听到了水手们在交头接耳。原来，他们已经发现了他的珠宝，并且正在策划着谋害他们父子俩，以掠夺这些珠宝。

商人听了之后吓得要命，他在自己的小船舱内踱来踱去，试图想出个摆脱困境的办法。儿子问他出了什么事情，父亲于是把听到的全告诉了他。

"同他们拼了！"年轻人断然道。

"不，"父亲回答说，"他们会制服我们的！"

"那把珠宝交给他们？"

"也不行，他们还会杀人灭口的。"

过了一会儿，商人怒气冲冲地冲上了甲板，"你这个笨蛋！"他冲儿子叫喊道，"你从来不听我的忠告！"

"老头子！"儿子也同样大声地说，"你说不出一句值得我听进去的话！"

当父子俩开始互相谩骂的时候，水手们好奇地聚集到周围，看着商人冲向他的小舱，拖出了他的珠宝箱。"忘恩负义的家伙！"商人尖叫道，"我宁肯死于贫困也不会让你继承我的财富！"说完这些话，他打开了珠宝箱，水手们看到这么多的珠宝时都倒吸了口凉气。而商人又冲向了栏杆，在别人阻拦他之前将他的宝物全都投入了大海。

又过了一会儿，父与子都目不转睛地注视着那只空箱子，然后两人躺倒在一起，为他们所干的事而哭泣不止，后来，当他们单独一起待在小舱里时，父亲说："我们只能这样做，孩子，再没有其他的办法可以救我们的命！"

"是的，"儿子答道，"您这个法子是最好的了。"

轮船驶进了码头后，商人同他的儿子匆匆忙忙地赶到了城市的地方法官那里。他们指控了水手们的海盗行为和犯了企图谋杀罪，法官派人逮捕了那些水手。法官问水手们是否看到老人把他的珠宝投入了大海，水手们都一致说看到过。法官于是判决他们都有罪。法官问道："什么人会弃掉他一生的积蓄而不顾呢，只有当他面临生命的危险时才会这样去做吧？"水手们听了羞愧得表示愿意赔偿商人的珠宝，法官因此饶了他们的性命。

这个久经商场磨炼的商人见识确实高人一筹，遇到会被人谋财害命的危险时，一般人的做法是跟对方拼了，或是献财保命，但这位商人却偏偏反其道而行之：不跟对方撕破脸，反而做出一无所知的样子，不把财宝献给水手，反而把它们抛入大海。身陷绝地的时候，如果按常规出牌那就必败无疑，但若反其道而行，则可能会获得一线生机，故事中的父子便用反向思维保住了性命，又使财产失而复得。

美国布里奇玩具公司董事长莱希顿常常为了公司的事情而烦闷。由于市场竞争十分激烈，各大玩具公司竞相推出儿童们喜爱的新型玩具，并且在市场上十分畅销，这无疑对布里奇玩具公司是一个巨大的压力。如何在玩具市场上占据一席之地，确实是个非常棘手的问题。

莱希顿的别墅后面有一片茂密的树林，每当遇到令人头痛的问题的时候，他都会到树林里去散步。树林里幽静的环境和美丽的景色能够使他暂时地忘却烦恼。

这一天，莱希顿又慢慢地踱到了树林里，但他的脑子里一刻也没有停止转动，他是一个不肯服输的人，为了对付其他公司的排挤，他绞尽脑汁，努力地想找出一个新的方案来给予反击。

正在这时，他看到小路旁的一棵树下，几个小孩似乎在玩什么东西，每个人都玩得津津有味，爱不释手。莱希顿马上跑了过去。原来，那几个小孩正在玩一种肮脏而且看起来十分丑陋的昆虫。

莱希顿十分奇怪，便问其中的一个孩子："你们怎么玩这种又脏又丑的虫子呢？难道你们的爸爸妈妈没有给你们买好看的玩具吗？"

那个小孩一噘嘴，说道："那些商店里卖的玩具我都有，可是全玩腻了，都是一个样子，没有什么意思。这种虫子我从未见过，虽然脏一点，丑一点，可是比家里的那些漂亮的玩具好玩多了。"

莱希顿头脑里突然闪过一道火花。他知道自己找到解决问题的方法了。莱希顿一连对那个小孩说了好几声谢谢，弄得他们莫名其妙，然后三步并作两步地跑回了家里，迫不及待地拿起了电话。

不到一个月，布里奇玩具公司就隆重推出了一种新产品，一改过去玩具总是造型优美，色彩艳丽的格局，而是以丑陋、色彩暗淡作为主要方向。一时间，这种丑陋玩具满足了儿童们的好奇心理和新鲜感，于是成为市面上的抢手货，在儿童们之中甚至形成了一种玩丑陋玩具的趋势。

布里奇玩具公司因为莱希顿的奇妙设想而在竞争之中稳住了阵脚，并且一一击败了对手，而成为玩具业的佼佼者。

莱希顿的成功就得益于他的反向思维，市场上到处都是色彩鲜艳，美观漂亮的玩具，而各个公司还在拼命地设计新型玩具，都是向着更美、更好这个方向发展。所以莱希顿想在玩具市场上获得优势地位真的很难。幸好莱希顿没有随大流，他把玩具设计的既丑陋，色彩又暗淡，反而受到了孩子的欢迎。这种做法虽然冒了很大风险，但由于出于清醒判断的选择，反而闯出了一条自己的路。

  反其道而行之的做法是一种独特做事方法的体现，它既是一种创新，又是一种对常规的破坏。当然，这种"破坏"不表现在对人情和风气习惯上，而是表现在能落实到具体事物上的常规思维上。新的思路往往能在常规事物之外找到突破口，当然这也需要人的清醒判断和某种可遇不可求的机遇。

第九章
亮剑的时候也别忘了保护自己

在枪林弹雨的洗礼中,能活下来的都是精英中的精英。这中间不能排除幸运的成分,但这些精英在保护自己方面肯定做得更好一些。保护自己是为了更有力地打击敌人,虽然在现代社会的生存竞争中所受到的伤害不能与战场上同日而语,但有效地保护自己依然是赢得竞争所必需的。

1. 防奸须先识奸

李云龙识人的本事算得上一流的了,楚云飞虽然身在敌营,但他却认为这是一条"汉子",而对派到他身边的政委马天生,他却认清了其小人面目,知道此人只能应付,不能推心置腹。在社会生活中,培养识奸的本事也是非常重要的,君子也要有点自

下篇　舞剑力求一招制敌：运用超常规思维赢得竞争优势

保的手段。

对于正大光明前来挑战的对手，我们只需凭实力去应对就行了，然而对于那些躲在暗处的奸猾小人，防备起来恐怕就不那么容易了。然而，任何事其实都是防患于未然，才能做到有备无患。因此，如若能练就在事前先识别出奸人小人的本领，则可将他们所给我们带来的伤害降到最低程度。

东汉末年，刘备和许汜闲谈，谈到徐州的陈登时，许汜突然说："陈登这人太没教养，不可结交。"

"你有根据吗？"刘备感到惊异。

"当然有"，许汜说："前几年，我去拜访他，谁想他一点诚意也没有，不但不理人，而且天天让我睡在房角的小床上。"

刘备笑着说："他这样做是对的。你在外边的名气大，人们对你的要求也就高了。当今之世，兵荒马乱，百姓受尽了苦。你不关心这些，只打听谁家卖肥田，谁家卖好屋，尽想捞便宜。陈登最看不起这样的人，他怎么会同你讲心里话？他让你睡小床，还算优待哩。若是我，就让你睡在湿地上，连床板也不给的。"

刘备的这番话虽然所针对的并不是那种奸诈的敌人，然而他所指出的识人方法值得深思。

一般而言，了解、识别奸人的办法有七种：一是通过某些是非问题来了解其立场；二是追根问底地进行追问以了解其应变、答辩能力；三是通过询问计谋来了解其学识；四是告诉危难情况和灾祸来了解其胆量和勇气；五是用酒灌醉后来了解其修养；六是给予其得到财物的机会以观察其是否廉洁；七是嘱托其办事以观察其是否守信用。即识别人要从各个角度进行。

而作为一个负有某种较大责任的人，要想区别谁是小人谁是君子，千万不能靠赏赐和加封晋升来达到目的。要知道，赏赐和加官晋爵是小人所追求的目的，为了达到这个目的，他们是不择手段的，往往会伪装成君子的样子。既然君子之志不在于封赏，那么在君子做出业绩之后，你可以用表扬，激励他的方法，让他感受到你的信任、欣赏，这就足够了。如果过了一段时间，他没有因为你不提拔他而闹情绪，那么说明他具备了真君子的条件，到那时，你尽可以放心大胆地任用他。

小人最擅长的是阿谀奉承，他们这样做的最终目的是能够从执权者身上得到回报，一旦他们取得执权者的信任或任命，就会很快地使自己的羽毛丰满起来，到那时，他们的真实嘴脸就会暴露出来，说不定会对有知遇之恩的人反咬一口。

所以凡是诚心要干事的人，一定要留意自己身边一味顺着自己的意志说好话的人，切不可因为他说的都是自己爱听的话就重用他、提拔他，那样做无异于养虎为患。

君子本是品格、道德、学问极高之人，且足以为民众之表率。但是若表面伪装得一副道貌岸然，清高的模样，暗地里却做着违反常伦、伤天害理、阴险狡诈的事情，那便是个令人寒心的伪君子。

因为小人之为恶，是明显易知的事，我们可以心存防范之意，而不至于被骗或受到伤害。但是伪君子便不同了。他明里是个君子，使我们信任他，而疏于防范。但他背地里所施行之不义恶行，反而会使我们所受到的伤害更大。因此而言，识奸防奸的必要性，不仅仅在于保障我们猎取成功的行为不受干扰，更在于保障我们最基本的身心安全。一旦连这都成了问题，那其他的一切显然也都会无从谈起。

2. 要学会用"拟态"和"保护色"

李云龙见人，摆出一副大老粗的架势，这从某种角度来说也是他的一种保护色。不但可以保护自己，还可以趁对方放松警戒心时发动突袭，就像楚云飞说的那样"表面上跟你称兄道弟，嘴甜如蜜，心里可有算计。"其实每个人都应该有种保护色，这样才能更好地维护自身安全。

在动物世界里，"拟态"和"保护色"是很重要的生存法宝。"拟态"一般是指动物或昆虫的形状和周围的环境很相似，让人分辨不出来，从而达到保护自己的目的。例如有一种枯叶蝶，当它停在树枝上时，褐色的身体就像一片枯叶那般。"保护色"是指身体的颜色和周围环境的颜色接近，当它在这个环境里时，它的天敌便不易找出它来。比如蚱蜢好吃农作物，它的身体是绿色的，这颜色便是它的保护色。

因为有"拟态"和"保护色",所以大自然中一些较弱的生物才能世代繁衍,维持起码的生存空间。

在人的世界里,同样也有"拟态"和"保护色"的行为,最具体的例子便是间谍。从事这种工作的人要隐藏自己的身份,并且要避免被人识破,他们所使用的"拟态"和"保护色"就是在角色扮演上尽量和周围人接近,让人分不出他是"外来者"。所以间谍要执行任务时,都要先模拟当地人的生活,穿当地人的衣服,说当地人的话,吃当地的食物,研究当地的历史、民俗,为的是把自己"变成"当地的人,以免被人辨识出来。这是人类对"拟态"和"保护色"的运用。

当然,我们不是间谍,也不太可能有机会当间谍,可是在险象环生的人生征程中,我们有必要对"拟态"和"保护色"有所了解,并且好好运用。尤其当我们和周围环境相比较呈现明显的差异时,更应该好好运用这两种能力。

例如:初到一个新单位,应尽量入乡随俗,认同这个单位的文化,随着这个单位的节奏呼吸;也就是说,遵守这个单位的规矩和价值观念。这是寻找"保护色",避免自己成为与周围环境格格不入的人,否则会造成别人对你的排挤;如果你一意孤行,自以为是,那么苦日子必定跟着你。当你的"颜色"和周围环境取得协调后,你已成为这个环境中的一分子,而达到"拟态"的效果。到了这个地步,你起码的生存环境就已经营造好,不致发生问题了。

"拟态"的特色之一是静止不动,有"保护色",又静止不动,那么谁也奈何不了你。因此在人生征程中,为了避免不必要的灾祸,有时需要遵守"静止不动"的原则,也就是说,不乱发议论,不结党营私,好让人对你"视而不见",那么就可以把危险降到最低程度。

有些人在家被抢,是因为房子装潢得太漂亮,让人一看就以为是有钱人家;有人半夜遇劫,是因为戴着名贵首饰。这是因为他们不知"拟态"和"保护色"的作用,相形之下,有些大富翁出门一袭粗衣,以计程车代步,了不起开辆小车,这种人就深懂"拟态"和"保护色"的奥妙。

"拟态"和"保护色"的本能是生物演进的结果,"弱者"有,"强者"也有。"弱者"是为了自身安全,"强者"则是为了更好地出击进攻去攫取猎物。大自然的奇妙,其实也一样存在于人性丛林之中,这很值得我们好好体会。

3. 注意审视自己的同船之人

人心险恶,不睁大双眼随时都有遭人暗算的可能。李云龙从来没有放下警戒之心,即使是面对同舟之人,而这种警戒也救了他的命。比如在内奸朱子明离开铺位时,他马上意识到出了问题,结果避免了全军覆没的厄运。并不是说一定不要信任别人,只是多一点防人之心还是有益无害的。

我们都知道，现实中的绝大部分事业，都是不可能靠单打独斗完成的。在很多时候，面对着隔岸的目标，要想成功越过中间横亘着的惊涛骇浪，我们必须有同舟共济之人。

"同舟共济"本来的意思，只是大家同乘一条船过河。而现在的意义则是指在困难面前，彼此能够互相救援，同心协力。在通常情况下，同舟共济之人是应当齐心协力，乘风破浪的。但天下没有不散的筵席，建立在一定利益基础之上的"同舟"，总有各奔东西的一天。那么，在"同舟"的时候到底应该如何做呢？事实上，在一些时候，同舟之人未必总能共济，因此，我们有必要多长点心眼儿，予以防备。因为一旦同舟之人对你动手脚，那肯定会是又阴又毒的，甚至能一下置你于死地。

王安石在变法的过程中，视吕惠卿为自己最得力的助手和最知心的朋友，一再向神宗皇帝推荐，并予以重用。朝中之事，无论巨细，王安石全都与吕惠卿商量之后才实施，所有变法的具体内容，都是根据王安石的想法，由吕惠卿事先写成文及实施细则，交付朝廷颁发推行。

当时，变法所遇到的阻力极大，尽管有神宗的支持，但能否成功仍是未知数。在这种情况下，王安石认为，变法的成败关系到两人的身家性命，并一厢情愿地把吕惠卿当成了自己推行变法的主要助手，是可以同甘苦共患难的"同志"。然而，吕惠卿在千方百计讨好王安石，并且积极地投身于变法的同时，却也有自己的小算盘，原来他不过是想通过变法来为自己捞取个人的好处罢了。对于这一点，当时一些有眼光、有远见的大臣早已洞若观火。司马光曾当面对宋神宗说："吕惠卿可算不了什么人才，将来使王安石遭到天下人反对的事，一定都是吕惠卿干的!"又说:"王安石的确是一名贤相,但他不应该信任吕惠卿。吕惠卿是一个地道的奸邪之辈,他给王安石出谋划策,王安石出面去执行,这样一来,天下之人将王安石和他都看成奸邪了。"后来,司马光被吕惠卿排挤出朝廷,临离京前,一连数次给王安石写信,提醒说:"吕惠卿之类的谄谀小人,现在都依附于你,想借变法之名,作为自己向上爬的资本。在你当政之时,他们对你自然百依百顺。一旦你失势,他们必然又会以出卖你而作为新的进身之阶。"

王安石对这些话半点也听不进去,他已完全把吕惠卿当成了同舟共济、志同道合的变法同伴。甚至在吕惠卿暗中捣鬼被迫辞去宰相职务时,王安石仍然觉得吕惠卿对自己如同儿子对父亲一般地忠顺,真正能够坚持变法不动摇的,莫过于吕惠卿,便大力推荐吕惠卿担任副宰相职务。

王安石一失势,吕惠卿厚脸皮掩盖下的"黑心"马上浮上台面。他不仅立刻背叛了王安石,而且为了取王安石的宰相之位而代之,担心王安石还会重新还朝执政,便立即对王安石进行打击陷害。先是将王安石的两个弟弟贬至偏远的外郡,然后便将攻击的矛头直接指向了王安石。

吕惠卿的心肠可谓狠得出奇。当年王安石视他为左膀右臂时,对他无话不谈。一次在讨论一件政事时,因还没有最后拿定主意,王安石便写信嘱咐吕惠卿:"这件事先不要让皇上知道。"就在当年"同舟"之时,吕惠卿便有预谋地将这封信留了下来。此时,便以此为把柄,将信交给了皇帝,告王安石一个欺君之罪,他要借皇上的刀,为自己除掉心腹大患。在封建时代,欺君可是一个天大的罪名,轻则贬官削职,重则坐牢杀头。吕惠卿就是希望彻底断送王安石。虽然说最后因宋神宗对王安石还顾念旧情,而没有追究他的"欺君"之罪,但毕竟已被吕惠卿背后的刀子刺得伤痕累累。

人际交往中,永远都不乏这样的人,当你得势时,他恭维你、追随你,仿佛愿意为你赴汤蹈火;但同时也在暗中窥伺你、算计你,搜寻和积累着你的失言、失行,作为有朝一日打击你、陷害你的秘密武器。公开的、明显的对手,你可以防备他,像这种以心腹、密友的面目出现的对手,实在令人防不胜防。所以,同舟者未必共济,与人共事时务必要像李云龙一样多留防范心。

4. 切忌盲目轻敌冒险

李云龙在每一场战役前都对敌人的情况有一个准确的了解,绝对不会因为自己占据了优势就轻敌冒进,因此他也从未因轻敌吃过败仗。在现实生活中,博取成功总是要冒一定风险的,因此我们要做的就是权衡利弊,小心行事,尽量把成功的风险降至最低。

本来,奋斗在人生战场本身就是一种很冒险的行为。虽然我们的目标只有一个,那就是一步步取得成功,赢得最终的胜利。但同时,为了自身的安全和保障胜利目标的最终实现，我们又必须努力把所有的风险降到最低点。当然，这或许会与奋力猎取成功产生矛盾，但二者之间应该存在一个平衡点。如果我们能找到并将它作为自己进与退的立足点，那就几乎等于将人生的进取与自保这一矛盾做到了近乎完美的统一。

为什么有些人在面对风险时可以悠然自得，并且能经由冒险而取得成功呢？原因恐怕正在于他们都有一种正确的风险观："去冒值得冒的险，然后再设法降低风险。"成功者虽然往往以"成功"作为冒险背后的真正动力，但也绝对不会去轻敌，盲目地冒险，以致让自己陷入被动，弱点暴露无遗。

每个人承受风险的限度都不一样，这与个人的条件和个性很有关系。一个人必须主观上愿意承担风险，客观情势也能让他承受风险，风险才不会造成伤害。任何人在承受风险时都有一定的限度，超过了限度，风险就变成了一种负担，可能会对我们的情绪或心理造成伤害。因为过度的风险会带来忧虑，忧虑则会影响到我们生活的各个方面，包括健康、工作、家庭生活、交友等。

因此，在每次要出击时，务必先了解可能遭遇的风险，并对每个可能发生的状况，预先设想应变方案，分析盲目冒险的成分有多大，预估成功的概率有多少，且在过程中，需不断地重新评估。

可以这样说，要想取得成功就一定要冒险，但冒险不一定就能成功。冒险一定要冒对的风险。何谓对的风险，就是长期平均而言，具有高报酬的风险。有些人的问题不是缺乏冒险精神，而是冒了不该冒的险。他们不知道冒什么样的险才能回报高于付出，因此置自身于被动的境地，甚至让对手把自己剥得"体无完肤",以至于只能任他剥夺。

有一种游戏,参加者必须出100元,游戏的结果是:有99.9%的概率你会损失100元,有0.1%的概率你可以获得95000元。那么,你会不会参加这种游戏呢?经过调查,65%以上的学生会选择玩这种高风险的游戏。理由很简单,因为这个游戏风险固然很高,但就算输了,顶多损失100元;若赢了,就可得到95000元的高报酬。这项游戏,其期望报酬率为负值,就算你赢一次,但是长期玩下来,你必输无疑,这是典型的不值得冒的风险。

你若有机会造访美国的大西洋城等地的赌场,或者是著名的澳门赌场,你将会发现装潢豪华的赌厅竟然看不见窗户,也没有时钟。这是为什么呢?这就是赌场要利用大数法则赢你的钱。没有钟也没有窗户的目的,就是想在激发出你本性弱点之后,让你分不清昼夜,玩到忘记了时间。因为你玩得愈久,玩得次数愈多,在赌场输钱的概率就愈大。赌之所以必输,原因就是赌博的期望值为负值。少数几次看不出来,但经过很长的时间后,期望值逐渐呈现出来,因此赌久了,必输无疑。这就是为什么"十赌九输"、"久赌必输",这与大数法则的原理不谋而合。所谓的大数法则,是指游戏的次数愈多,报酬率愈接近于该游戏的期望值。赌博也许可以成为一种娱乐方式,但绝对赢不了钱,因为它的平均期望报酬率比银行存款利率还低。的确,赌博的最高可能报酬非常惊人,但是它的平均期望报酬却是负值,冒这种风险,最终结果肯定是对自己不利的。

5. 千万别让骄横之心控制了自己

李云龙是个百战沙场的名将，但却没有一丝骄横之气，因此深受部属爱戴。过于骄横是一件极其危险的事，它会让你失去机遇和帮助，从峰巅跌入万劫不复的深谷。

人们常说："谦虚使人进步，骄傲使人落后"。前半句我们先不去管它，至于后半句的说法，人们都颇为认同，其原因何在呢？这恐怕是因为人一旦起骄傲之心，必然会导致盛气凌人、凌物，不把任何对手和障碍物放在眼里，掉以轻心，最终使自己进而乏力，退而难防，只能一任对手抓住自己的弱点和破绽，或予以赶超，或给以打击。这么一来，显然难以会有美妙的后果。

三国初期，盘踞汉中地区的汉中太守张鲁，打算夺取西川，扩大势力，好登上"汉中王"的宝座。益州牧刘璋急派别驾张松到许都向曹操求援。张松走时，除携带一批准备献给曹操的金银珍宝以外，还暗地藏了一幅西川的地形详图。由于刘璋糊涂而又懦弱，当时川中的有识之士都感到在群雄竞争的形势下，刘璋绝对保不住西川，因此不少人都有另投靠山的打算。张松借出使的机会，带着这幅极有价值的军事地图，就是有这种打算。

张松一行到了许都，住在驿馆里，一直等了三天才得到接见的通知，心中很有些不高兴。而且丞相府的上下侍从都公开索贿，才肯引见，这使得张松更加摇头。

　　曹操傲慢地接受了张松的拜见礼节，然后责问说："你的主人刘璋，为什么这几年都不来进贡？"

　　张松巧妙地解释："因为道路很难走，贼寇又多，常常拦路抢劫，不能通过。"

　　曹操大声呵斥说："我已扫清中原地区，哪里还有什么贼寇！分明是捏造借口。"

　　张松是西川有名的人物，生得头尖额翘，鼻低齿露，身高虽还不满五尺，但嗓音洪亮，说话有如铜钟之声。他读书很多，有超人的见解，以富有胆识闻名。自来许都后，发现曹操那样慢待地方来客，心中早已不快；今天又见曹操这般蛮横，便断了向他投奔的念头，决心教训他一番，然后走人。曹操刚讲完话，张松嘿嘿一笑说："目前江南还有孙权，北方存在张鲁，西面站着刘备，他们中间拥有军队最少的也有十余万人，这算得上太平吗？"

　　这一顿抢白顿时使曹操窘得说不出话来。曹操一开始见到张松，觉得他个子小，面孔怪，猥猥琐琐，已有五分不喜欢，现在又发现他言语冲撞，让人很不高兴，于是一甩袖子，起身转进后堂去了。

　　张松见情况如此，心中对曹操也就不再抱一丝幻想。他在临离开许都以前，又把曹操给大大讽刺挖苦了一番，尔后就带着那幅十分有价值的西川地图转投刘备去了。

　　说起来，这位曹丞相也算得上能招贤纳才之人，他一辈子都口口声声要招揽人才，可就是因为一时被自己的骄横之心控制住，慢待了张松，不但使自己失去了得到西川的大好机会,也给一心想要消灭的对手刘备提供了绝佳的机遇和助力。

历史上有名的一代枭雄曹操,尚且如此,我们更应以此为戒。在任何时候,都要提醒自己千万不可被骄横之心控制。否则,一旦如此,看似不可一世的你,也许会因此而更容易被对手击败、制服。

6. 不怕犯错,就怕总犯同样的错

李云龙身经百战,但也难免要遭遇几次失败,不过他不会纠缠于失败本身,而是探寻失败的原因,避免再犯类似错误。这也正是他的不同凡响之处。一个人如果只会为失败哀叹,那么他的失败就毫无价值,只有接受教训、积累经验才是聪明的做法。

明代绍兴名人徐渭有一副对联:"诗不如行,试废读,将何以行;蹶方长智,然屡蹶,讵云能智。"这副对联,科学地阐述了理论与实践、失误与经验的辩证关系。上联是说实践出真知,理论指导行动。下联"蹶方长智",通俗的解释即"吃一堑,长一智"。但如果有人因此而认为"吃一堑"与"长一智"之间存在必然性,那就错了。不是说吃一堑一定能长一智,而是吃一堑有可能长一智。这种可能性要转变为必然性,必须有一个条件，那就是要从失误中总结教训，积累经验，这样才能长智。如果错后不思量，那么同样的错误还会不断重复出现。这就是"屡蹶，讵云能智"的精辟之处。

一个人遭受一次挫折或失败，就该接受一次教训，增长一分才智，这就是成语"吃一堑，长一智"的道理之所在。

从前，有个农夫牵了一只山羊，骑着一头驴进城去赶集。

三个骗子知道了，想去骗他。

第一个骗子趁农夫骑在驴背上打瞌睡之际，把山羊脖子上的铃铛解下来系在驴尾巴上，把山羊牵走了。

不久，农夫偶一回头，发现山羊不见了，忙着寻找。这时第二个骗子走过来，热心地问他找什么。

农夫说山羊被人偷走了，问他看见没有。骗子随便一指，说看见一个人牵着一只山羊从林子中刚走过去，准是那个人，快去追吧！

农夫急着去追山羊，把驴子交给这位"好心人"看管。等他两手空空地回来时，驴子与"好心人"自然没了踪影。

农夫伤心极了，一边走一边哭。当他来到一个水池边时，却发现一个人坐在水池边，哭得比他还伤心。农夫挺奇怪：还有比我更倒霉的人吗？就问那个人哭什么，那人告诉农夫，他带着两袋金币去城里买东西，在水边歇歇脚、洗把脸，却不小心把袋子掉水里了。农夫说，那你赶快下去捞呀！那人说自己不会游泳，如果农夫给他捞上来，愿意送给他20个金币。

农夫一听喜出望外，心想：这下子可好了，羊和驴子虽然丢了，可将到手20个金币，损失全补回来还有富余啊！他连忙脱光衣服跳下水捞起来。当他空着手从水里爬上来时，他的衣服、干粮也不见了，仅剩下的一点钱还在衣服口袋里装着呢！

没出事时麻痹大意，出现意外后惊惶失措，造成损失后急于弥补，三个骗子抓住人的这些性格弱点，轻而易举地全部得手。

应该说，人们在工作、生活中遭受类似这样的挫折和失败是难以完全避免的，虽然"吃堑"终归不是什么好事情，但如果吃了堑，也不长智，就是愚蠢至极了。

错误本身并不可怕，可怕的是错得没有价值。一个人虽然犯了点小错误，但如果他能总结失败的教训，知道自己为什么失败，并不再犯更大的甚至是致命的错误，则错误对他来说比成功的经验还重要。

有人曾经根据能否有效利用错误的价值把人分为四类。第一类人不能从失败中汲取教训，总是犯相同的错误，这样的人不可救药；第二类人虽然能够从错误中汲取教训，不犯相同的错误，但由于不能从失败中发现规律性的东西，所以总是犯不同的错误，这样的人也难以救药；第三类人能够总结自身错误的教训和规律，算得上是聪明人，但由于只能从自身的失败中进行总结，所以虽然不犯自身相同的错误，但总是犯别人犯过的错误，这类人比第二类人又高出一筹；第四类人既不犯自己犯过的错误，又不犯别人犯过的错误，凡是别人的经验，也成为他的经验，凡是别人的教训，也成为他的教训。只有第四类人才是最善于利用失败价值的。

人在成功的时候，总是认为自己是高明的，而很少归结为运气，而出错时，却总是以运气不佳为借口，害怕承认错误、分析错误，以致以后故态复萌，再犯同类的错误。殊不知错误本身都有其可以借鉴的价值，而只有那些善于从失败中总结经验教训，不怨天尤人的人，才能避免重复犯错。

　　李云龙不懂得"人非圣贤，孰能无过"那一套，但他却知道亏不白吃，当不能白上，不总结出点经验来，就是对不起自己。其实，能够吃一堑长一智，从自己"盾"的防守疏失中总结出教训和经验来，在此基础上铸造出更厚实和全面的"盾"，也未尝不是一件好事。但如果光吃堑而不长智，导致破绽越裂越大，那就会走向一个不可挽回的可怕的深渊。

第十章
施展智慧的力量创新求变

战场局势瞬息万变,你满肚子的《孙子兵法》、《三十六计》,如果一味死守教条,也只能成为别人剑下的冤魂。冷兵器时代更多纯粹力量的较量,而现代的战争和竞争则更需要施展智慧的力量。懂得创新、主动求变是亮剑英雄李云龙的制胜法宝,也应该是我们每一个人拓展生存空间的利器。

1. 在创新中求生路

在红军时期,短兵相接的拼刺刀战法并不常见,但这是日本鬼子的特长。面对这一新情况,李云龙马上想出了新招法:组织一百多个会武术的战士,专门教全团战士练习拼刺刀。结果没多久,独立团成了拼起刺刀来让鬼子胆寒的队伍。

在现代社会激烈的市场竞争中，公司管理者的担子越来越重，必须通过创新求变去摸索出路。如果一个公司管理者不懂得创新，等于自己把自己推向绝路，更谈不上做大的问题了。道理很简单，你不变，别人变，等于你越来越落后；你落后了，还有出路吗？

目前，有些管理人对创新的认识有几个误区：

（1）认为"大企业不创新"

这不是事实，许多大公司已成为卓有成效的创业者。在美国，有制造卫生和保健用品的约翰逊公司，生产工业水晶及消费水晶的3M公司等等。具有100多年历史的花旗银行，是世界上最大的非政府金融机构，也是银行和金融业的主要创新机构。在德国，有世界上最大的化学公司之一——赫希斯特公司，迄今已有125年的历史，在制药工业中已成为成功的创新机构。许多更大的大企业，在某些领域失败了，但在另一些领域却成为成功的创新者。如美国的通用电气公司在电子计算机方面失败了，却在飞机发动机、工程塑料，医用电子等三个截然不同的领域成为成功的创新者。总之，认为"大规模"是创业精神和创新的障碍的看法不是事实。

（2）运营成功是企业创新的障碍

对创业精神和创新构成障碍的不是企业的规模，而是企业现行的运营方式，特别是正在实行的"成功的"运营方式。因为问题恰恰就在于企业是如此的成功，从而被认为是"健康"的，没有染上官僚主义，繁文缛节，自满情绪等导致企业衰退的恶果。这就是为什么那些成功地管理现有企业以使之创新的例子显得如此重要的原因。

(3) 认为创业精神和创新是天生的、创造出来的

一个组织中没有良好的创业精神和创新机制，一定是有某种因素在遏制它们。例如，如果认为只有少数现有的成功企业具有创业精神和创新机制，就是现有企业遏制创业精神的确凿证据。但是，创业精神不是"天生的"、"创造出来的"，而是通过努力取得的。必须有意识地去奋斗，创业精神和创新可以通过学习获得。创业型企业把这种精神看做是一种责任，它们进行训练，使企业具有这种精神，并付诸实践。

公司的生存发展决不能靠公司管理者的一意孤行、墨守成规、一成不变，公司只有通过公司管理者坚持不懈的创新，才能使公司有市场、有生命力，公司才能获得成功。同时，公司管理者自己也能获得应有的回报和创新魅力。

多半的部属，往往会忽略所在单位的工作规则。因此，公司管理者经常质问部属："目前公司有哪些条文规定？请你加以说明。"

公司管理者以为：若不这样，部属在精神上根本不会关心到这个问题，更甭提以这些规则为基准，来从事他的工作。若真是这样，那么这种公司老板只是在做表面工作，忽略了工作真正的内涵。

另一个问题则是关于规则本身。规则的制定，目的在于使一些暧昧不明的事项，经过明确判断，定出一些共同的标准。因此，它是具有时间性的，同时，也是为适应时代、环境而定出来的，因而绝非是千古不变的定律。当时代递嬗、环境变迁时，必然也会跟着失去合理性或时间性，因此，如何使规定切合实际的需要，这是公司管理者工作最重要的一环。

这里有一则故事，大意是说："有一个不擅指挥、无能的连长，获得了一项最高荣誉，原因来自一个规定：'凡连队中有任何官兵，在军事演习时，获得最高成绩，则连长可获最高荣誉。'"这项规定在当初制定时，可能基于某种因素，但在今日实施起来，则显然过于迂腐，因此才会产生无能长官接受褒奖的情形。

在你的周围，有类似这种滑稽的规则吗？例如：以发生意外事故记录的多寡，来表彰员工，像这项规定，同时运用在危险性少，及危险性高又忙碌的工作场所，未免过于笼统。表扬无事故记录的员工，固然很好，但却要仔细考虑各种不同的情况，再拟定其适当规则。

假使墨守成规、不加改善，则表面上看起来妥善完备的规定，实行起来往往会引起料想不到的纠纷。规则是人制定的，但往往规则一定，却回过头来把人套住。也就是说，当初制定时，是大家绞尽脑汁想出来的，但经过一段时间后，就与实际需要脱节，而产生种种缺陷。若要加以修正，则需花费相当的时间和精力，因此，人们只好继续墨守成规，成为规则下的牺牲品。

总之，一个指挥者、一个公司管理者必须时时注意原有的规则，是否有不合情理之处或不切实际需要。一旦发现有这种情形，就应当拿出李云龙改变部队战法那样的魄力，不畏艰难，确实地加以创新，这一点是千万不可忽略的。创新越多，你的公司就越充满活力。

2. 既可自己创新，也让别人为自己创新

李云龙深知，自己再聪明，也不可能解决所有问题。大家的智慧都挖掘出来了，点子也就有了，在创新问题上也是如此。作为一个指挥员，如果不懂得'三个臭皮匠顶一个诸葛亮'的道理就不能算称职。李云龙喜欢"集权"，但别人有好点子时他也不排斥"民主"。

管理活动具有综合性、复杂性、多变性的特点，所以，管理工作是一种创造性的活动，这种创造性的活动就需要管理者具有不断进取的创新开拓能力。尤其是在现代科学技术日新月异、信息瞬息万变的时代，工作的多变性和动态性更加显著，形势复杂多变，机会转眼即逝。管理者如果不善于提出新问题，开拓新领域，就无法跟上形势的变化，就只能使自己的工作处于被动。

不断进取的创新开拓能力，是管理者必须具备的能力之一。没有开拓创新的能力，就只能因循守旧、墨守成规，工作就自然没有起色。有了不断进取的创新能力，永不衰竭的进取心，任何艰难困苦，落后保守都不能阻挡我们前进的步伐。

美国第32任总统罗斯福也是一位极具创新能力的政治家。1929—1933年，资本主义世界爆发了一场迄今为止最严重、最持久的经济危机。当时的总统胡佛只知道墨守成规，还是一味推崇亚当·斯密提出的、

100多年来对资本主义经济发展起过重大推动作用的"看不见的手"理论，奉行自由放任的经济政策。1932年在竞选中，胡佛除了毫无根据地发表盲目乐观的演说外，拿不出任何新政策来摆脱经济危机。而罗斯福则针对美国经济危机，深刻地分析其原因，大胆提出"为美国人民实行新政"，要用政府力量调节和改革经济。后来，他采纳凯恩斯理论彻底放弃自由放任的经济政策，实行国家干预经济政策。罗斯福总统为美国人民实行的新政，是一种超凡大胆创新之举，"新政"使美国逐步摆脱经济危机，获得新的经济增长，也标志着资本主义世界自由放任经济时代的结束，国家调节干预经济政策的开始。罗斯福的新政，也是他能够成为200多年来美国最具影响力的总统的原因之一。

由此，我们可以看到，每一个成功的人都需要具有开拓创新能力。胡佛总统在经济危机面前正是缺乏创新能力，墨守成规，所以连任竞选失败。而罗斯福正是依靠他的创新能力，当上了总统。

很显然，跟着别人跑，只能是第二名。这说明要敢于超过跑在前面的人，才是强者。把这个道理用在开办公司的问题上，也是要敢于往前"跑"。如何才能往前"跑"呢？那就要靠个性化的经营，靠创新意识。但有一个问题：有很多公司老板不喜欢员工创新，只喜欢顺从。那么一个想要办好自己公司的管理者，如何克制压抑有个性的员工呢？

很多公司都想使自己有一点特色，即个性化，但又苦于无路、无计可寻，所以开始模仿那些成功公司，一天两天过去了，一个月两个月过去了，一年两年过去了，结果就跳不出模仿的圈子，反而束缚了自己的创造力。这是要命的！

公司管理者的创新一定要有自己的风格，否则谈不上有自己的创新魅力。创新不能成为"模仿者"，而是公司管理者在激烈市场竞争中，根据自己的风格对产品进行各种改进、变换和扩充，使产品更有应变力和竞争能力。

现代人追求的是个性，社会发展也要"有自己特色"，的确，没了个性，没了特色，变得与众人一样，岂不无聊。

同样，公司管理者和部下的关系也要有一种特殊的风格，既不同于作威作福，也不同于绝对服从，甚至逆来顺受。

举例来说，大家都知道，马术的最高境界是"鞍上无人，鞍下无马"，这正是鞍上有人，鞍下有马的极致。

而达到这一极致，则是人与马不断碰撞，控制与反控制，动用利益与恐吓交错的手法，使人的统治术与马的反抗达到一种默契与和谐。最后达到较高境界，可以说，此时，风格已经形成。

同样，公司管理者与部下之间难免会有磕磕绊绊。无法容忍部属反抗的公司管理者，愚蠢至极；而不知反抗公司管理者的部下，则全无智力可言。因为：

（1）这种反抗像新鲜血液，它能使僵化的机体重新活跃。

如果公司只有管理者一人说了算，部下只会被动地服从，那么这样的机制早已失去活力。

（2）反抗可以改善公司管理者与属下的关系。

公司管理者指挥手下众多兵马，难免有时不公正或无故挑剔，影响了上下之间正常关系的发展。而部下的反抗则给公司管理者打了一针清醒剂，提醒他悬崖勒马。

　　因此，公司管理者与部下之间应该达成有反抗又有妥协、有和谐又有冲突这样一种独具风格的关系，它能使上下之间的关系永远充满活力。不要老是让员工跟着管理者的意识"跑"，否则只能产生"奴才"，而不能产生"革新者"。

　　开发创意性思考的另一个问题便是：大部分员工通常怯于发表自己的新观念。对这些人，除非先鼓励他们培养自信心，否则很难让他们的创造能力完全发挥出来。要让员工对自己有信心，最好的方法便是对他们表示信心。有些人在这一方面很需要特别帮助，美国卡内基训练中的沟通和人际关系课程，可以帮助这方面的发展。

　　管理者可以协助员工克服发挥创意的障碍，其中之一便是"顺应环境"的习惯。他们不想有与众不同的思想，正如他们不想在衣着、言谈、举止方面与别人不同。我们要让这些人多多接触一些新思想。事实上，许多发明往往是一些有勇气破除旧习惯或反抗传统的人（团体）所做出来的。

　　要鼓励员工培养创意性思考，管理者应随时注意倾听他们所表达的新观念。无论这些观念如何荒唐可笑，也不可遽下结论："这行不通！"要审慎地与当事人做进一步讨论，看看是否能发现该观点的好处。在你评估意见的时候，要先称赞员工提出意见的积极态度。若有需要批评的地方，也应采用肯定的态度。例如：最好不要说："那太花钱了。"最好是说："珍，你有没有先算一下费用？"如此一来，珍自然会注意到费用的问题。说不定还能想出更好的方案。要记住，一个"与众不同"的人所提出的看法，当然有时会不符实际。但千万别因此而对其表示轻视，这样会永远扼杀了此人的创意。

发展创意性思考的另一障碍，是许多人一旦决定做事的方法，便不愿轻易改变。这些人对不同的意见往往固执地封起双眼和耳朵。戴尔·卡内基曾说过："时时敞开你的心灵准备接受改变。要欢迎它，取悦它，要一再检验你自己原有的意见和看法。"这是所有管理者应该遵循的原则，也应该鼓励员工这么做，如此才能开发出所有人的创造性来。千万不要说："我们一向是这么做。"这会扼杀了许多新的好主意。

比较复杂的障碍是：由于许多人对问题的认知程度常有不同，甚至同一个人在不同的时间，对同一情况也有不同的看法。心理学家对这一类认知问题有相当深入的分析。人们会有意忽视那些干扰他们或混淆他们原有想法的事物。除非他们把这些外来的影响驱除掉，并认清自己一向所持的认知态度，他们才有可能改变以后的认知态度。

李云龙的独到之处在于能营造起接受新观念的气氛，鼓励部下参与富有创意性的活动，这些努力终有一日必有收获，部下的创意性贡献也使他的队伍成长起来。更重要的，这些贡献新观念的人也会一同成长，并更具活力，更有成就感。

创意的好处当然很多。根据美国参加"卡内基经理人领导训练班"的学员报告，不计其数的意见每年为许多公司节省了成千上万的金钱和时间。尤其是各种创新的意见，使他们得以经由各种方法和系统，而完成自己的工作目标。

3. 铲除求变的抵制心理

　　李云龙的每一次创新性行动，一开始几乎都遭到政委和部分部下的反对、抵制。但创新的实际成果说服了他们。最后，连以谨慎为原则的政委赵刚都成了李云龙的拥护者。

　　从理论上讲，管理者创新就是求变，就是要推翻或改变旧有的事业模式，走出一条崭新的创业之路，但总会遇到各种各样的抵触心理，甚至会遭到坚决的反对。

　　这里有一个典型的案例：日本著名系统工程学者系川英夫曾经历过这样一件事：他对有带的手表感到很厌烦，找到一家手表厂要求厂家为他特制一种无带手表。厂家冷淡地对他说："这是不可能的。"系川英夫不甘心，自己对手表进行了改进，制成了无带的别针表。这种表别在领带上，非常方便。为了使夹在讲稿、文件上的表的表针与表把儿不至于重叠，系川英夫想把表把装在九点的位置，为此，他又去找那家手表厂帮忙。手表厂的回答仍很冷淡："造不了。"系川英夫决定自己想办法，他卸下表盘，发现表盘只用两个小卡子固定，只需卸下卡子，将表盘旋转半周，即可将表把稳定在九点之处。于是，系川英夫很容易地就制成了完美的别针表，并申请了专利权。这时，两次拒绝系川英夫要求的手表厂跑来要求转让专利权，系川英夫意味深长地说："我找了你们两次，你们都说不行。说了不行的地方，恐怕还是不行吧。"

从上述事例可以看出，那家手表厂之所以走入误区、自讨无趣，原因在于他们对于创新的做法在心里抱有一种抵触情绪。事实上，在现实生活中，有许多企业犯有与上述那家手表厂类似的失误。他们片面地以为，所谓为用户服务，就是搞好售中、售后服务，却没意识到，顾客对于产品的创新有着一种迫切的需要，因而丧失了企业进入革新领域的大好机会。

那么，我们应怎样克服现有组织内对创新的抵触呢？这是管理们常常提出的问题。即使我们能够回答，这也是一个错误的问题。正确的问题应该是"我们怎样才能使组织接受创新，自觉追求创新，并努力工作达到创新的目的？"如果将创新看成与常规格格不入，违反潮流而不是勇敢地建树，这个组织就不能创新。创新必须成为正常工作的一部分。

（1）要使管理者对创新产生兴趣的唯一方法是：制定有系统的政策，丢开一切陈旧的、过时的、不再有生产性的工作。每隔3年左右，企业在不涉及内部成员具体活动的情况下，必须对每一项产品、制造程序、技术、市场、营销渠道进行追踪评价。企业主管必须考虑："这项产品、这个市场、这条销售渠道、这项技术今日是否还适用？"如果回答是否定的，就不要说："我们再研究研究。"而应该考虑："我们应该怎样去停止在这项产品、市场、销售渠道以及人员活动中的资源浪费？"有时，放弃并不是问题的答案，这样做甚至不大可能。但至少可以限制事态进一步的发展，使人力、财力等生产资源不要再为"昨天"消耗掉。如果主管明白公司的政策是放弃，他们就有了寻求新的事物和创业精神的动力。

（2）使现有企业对创新感兴趣的第二项政策，是要面对这样的事实，即所有现有产品、服务、市场、销售渠道、制造程序和技术的预期寿命和活力是有限的，而且通常是短暂的。

20世纪70年代以来，对现有产品、服务等等的寿命周期的分析已经非常流行。这种分析可以作为寻求真正问题的工具，而不是自动显示正确答案的方法。它将引起异议，也应该引起异议。把产品分类为"今日的拳头产品"、"昨日的拳头产品"、"不合算的产品"，接着要采取的行动就是进行风险性决策。

（3）上述寿命周期分析可以向企业提供必要的信息，以确定企业在多长时间内，在哪些方面需要多大程度的创新。这方面，最好最简单的方法是卡米在50年代提出的。卡米方法就是列出公司的每种产品或服务，每种产品或服务的市场，及其相关的营销渠道，以便估计它们在其生命周期中的位置：某种产品的生产还能发展多长时间，它在市场上的地位还能维持多久，预计多快就会过时或衰退。据此，公司就可以估计出，如果尽现有能力去管理，公司将会怎样？而且也能显示出现实情况与公司预计在营销、市场地位或利润等方面达到的目标之间的差距。

（4）系统放弃。要使现有企业具有创业精神，管理部门要自动淘汰自己的产品和服务，而不要等待竞争者来做。企业必须将新事物看成机会而不是威胁。它必须在致力于今天的产品、服务、程序、技术工作的同时，为一个崭新的公司未来而努力。

抵制心理是创新的大敌，如果你没有李云龙那样强力推行创新的霸气，就必须做充分的说服工作，但最后，创新会以其卓越的成效为你撑腰。

4. 让创新多点开花

从纵向来说，今日的新会成为明日的旧，所以需要不断地创新；从横向来说，一点一滴的创新难以改变全局的面貌，所以需要多点开花式的创新。李云龙正是靠多点开花式的创新始终让他的部队保持崭新的面貌，拥有强大的战斗力。

在现代企业管理中道理也是一样，管理者创新不能局限于在一点、一个方面，应该多点开花全面突破，才能全面提高企业的效率。主要包括：

（1）观念创新

管理者的经营观念是企业发展的指导思想和战略方向，它是企业成败的重要因素。要持续发展，关键在于观念的开发与思想革命。观念创新是管理者创新的关键和最重要之处。中国经理人长期处于计划经济时代，在转型期间，深植于其头脑中的经营观、价值观及行为取向难以相融于市场经济时代，必须对头脑中的观念从根本上革新，重新塑造价值观与行为取向；必须迅速及时地改变。等到非变不可之时再变，那就晚了。

观念的创新和转变，要求改变原有的思维模式，而人的思维模式具有相对稳定性，必须从根本上大刀阔斧地变革才能达到。在此基础上开展经营，企业才能创造出前所未有的佳绩。管理者从思想上根本破除对已有的各种管理原则的迷信和依赖，而不是在原有基础上的修补，才能实现企业的再造，从而极大地提高企业生产效率和降低生产成本。

要做到观念创新就必须不断地学习，"学习与读书是转变思维模式的基本手段"。不学习、不读书就接触不到新思想，也就不会有新策略和正确决策。当今时代，人力资本是最大的资本，企业间的竞争实质上是人的竞争。提高人的素质，企业就能增强竞争力。这就要求经理人把企业建成学习型企业，让企业从管理者到员工都深入地学习，改变固有的心智模式，敢于创新进取，从而增强企业的竞争能力。

（2）技术创新

技术创新是决定一国经济竞争力的重要因素，在我国比以往任何时候都更加迫切。首先，传统的靠增加数量、低质量的增长方式已不适应我国经济发展要求，需要我们走以创新——新产品、新工艺和新服务来推动经济增长的道路。其次，传统的靠引进来发展的模式已受到严重挑战。因为受资金限制、政治因素影响难以引进到国外最先进的技术，并且不在引进的基础上走自主创新道路，就会形成引进——落后——再引进的恶性循环，就难以求得民族工业的长期发展。第三，在我国，随着市场经济体制的建立，国内外竞争日益激烈，企业只有创新才能摆脱粗放经营道路。

技术创新还要求意识上的创新。原有技术体系深深植根于成员头脑中，要对辛苦创建的设施和原有技术进行更替，原有技术骨干的更替、重新学习，对于企业来说是一场彻底的革命。

技术创新对企业来说有三点益处：一是赋予企业低成本和差异化的

竞争优势；二是创造新的市场需求；三是形成自己的知识产权，生产出他人难以模仿、有市场竞争力的产品。而且通过技术创新开发出产品，使消费者原先模糊的、潜在的、空白的需求清晰化、具体化，从而创造出消费者新的需求。在科技迅猛发展、产品生命周期缩短的今天，产品的开发与更新对企业发展显得更为迫切，更具有意义。

（3）组织创新

对管理者来说，组织是管理者开展工作的依托，组织创新尤为重要。

组织结构反映组织内任务分组、上下级的关系以及授权形式。组织结构直接决定了组织中正式的指挥系统和沟通网络，不但影响信息材料流通、利用的效率，而且影响组织中心、社会等方面的功能。

企业组织与任何生命体一样，有生命周期，有产生、成长、成熟和衰亡的过程。为延长组织的生命周期，增强其生命力，就要不断地对其进行调整、变革和创新。引起组织改革、创新的主要因素有：

①外部环境的变化。买方市场的形成，信息技术的高速发展，科技发展引起的产品或工艺创新等刺激和影响了企业经营战略，而实施企业经营战略的基本手段——组织结构，也必然要发生变革。

②企业内部环境的变化。企业的技术条件发生变化，如技术自动化；人员条件发生变化，如工作态度、作风、价值观；管理条件的变化，如引进先进管理方法。这些都影响着组织的成长。

③企业自身成长的需要。企业自身也面临着由小到大，由单一品种经营、多品种经营到多元化经营的挑战。企业组织变革、创新的根本目的是其自身的生存发展。为了这一根本目的，就可从改革组织适应环境

变化的方法，改革组织成员的态度、作风、行为方式着手，以提高组织的适应能力。在企业发展的不同阶段，其组织结构也必然要随之改变，从而使企业适应自身发展的需要。

那么，企业组织变革、创新的目标是什么？就是要建立起有机弹性的组织机构。这种机构是指中国企业未来的组织机构应以有机和弹性为基本特征，以适应变化的环境。有机就是生命力，即该组织机构是学习型组织机构；有弹性说明有伸缩力，即该组织可以自我发展与变化。

（4）制度创新

企业制度的创新过程实为产权体系重新安置的过程。在交易费用为零时，产权变动对资源的最优配置没有影响。但现实中交易费用不为零，因而产权再安置对企业资源配置效率存在影响，故而企业才会有进行制度创新的动力。

传统的企业制度严重束缚了管理者的成长壮大，所以，企业必须建立起现代企业制度，实行政企分开、自主经营、权责清晰、自负盈亏、自我约束、自我发展的经营机制。而这时，管理者最重要的使命就是改变先前以强制和约束力为主的管理制度，代之以民主、信任和激励为主的新型管理制度。我国的生产率问题，依靠货币政策或在科研和建设上投入更多的资金都是解决不了的。只有在我们学会某种管理方式，使得人们能在一起更有效地工作，才能得到改善。

那么，对于我们国家来说，规范合理的管理制度是指融"情、理、法"为一体的中国式管理制度，既有规范性，又应有合理性，还得带有人情味，因为企业管理归根到底是对人的管理。卓越的管理者最大优点就是能充分认识到人的作用，最大限度地调动与发挥员工的积极性与创造力，这一切都必须靠合理的管理制度。

（5）管理创新

管理创新本身是由经济发展、技术进步导致企业生存与发展问题解决的需求而产生。正像钱德勒所说："现有的需求和技术将创造出管理协调的需要和机会。"管理创新在企业发展中有着极为重要的位置。

①从技术创新的角度看。技术创新的成功能带来可观的经济效益，但它的投入与产出是一个不确定的过程，具有很大的风险性。它的成功首先在于创新主题的选择是否科学；其次在于创新的具体组织与管理。管理可以降低技术创新过程中资源配置的不确定性，提高投入技术创新中资源的配置效率，有助于技术创新提高投入产出率。

②从制度创新角度看。制度创新本身也是一个不确定的过程，也有投入与产出效率的问题，因此，它也离不开管理的配合。管理创新将有助于制度创新目标的实现，因为两者目标一致，即可提高企业的资源配置效率。

可以看出，任何的创新活动都离不开管理创新，管理创新具有举足轻重的地位。同时，管理创新在企业发展中的具体作用主要表现在以下方面：提高企业生产效率；降低交易成本；有助于管理的形成。

创新是一个团队、一个企业保持战斗力的最精妙的招法，是赢得竞争优势的强有力的手段。李云龙在战争年代以创新的手段带部队的经验已经证明了这一点。

5. 变化中化险为夷是本事

李云龙在战场上遇到的突发性事件太多了，奇怪的是，每一次突发性事件换来的必然是李云龙辉煌的战绩。越是在突发性事件中，也越能展示他高超的临场指挥艺术。

管理者在工作时，同样难免会遭遇一些突发性事件，果断而巧妙地应付处置突发性事件，不仅是维护安定的需要，同时也是检验管理者的领导才能和领导艺术水平高低的一个重要标志。

一般来说，突发性事件，有如下特征：

（1）具有突如其来的偶发性。尤其是灾害类的，往往来得快，来势猛。

（2）具有意想不到的突变性。有的突发性事件，由于出现快，来不及详细调查，给处置带来难度，特别是遇上处理不及时，或使矛盾激化，或被不怀好心的人所利用，会出现扩大化、复杂化，甚至发生质的变化。

（3）具有捉摸不透的复杂性。一些纠纷类、请愿类、动乱类的突发性事件，往往受社会性的"大气候"、政策性的"大调整"、工作性的"大失误"等影响，给突发性事件带来许多复杂因素，不仅了解真相难，调查取证难，而且拍板定性、处理兑现都很难。

（4）具有不可估量的危害性。不仅直接影响经济建设，而且严重影响社会稳定，危害正常的生产、工作和生活程序。

在处置突发性事件中，既要讲究方法，又要注重实效：

（1）"快刀斩乱麻"，取得时间上的主动权

处置突发性事件，争取时间极为重要。如果该决断的时候，还在反复"研究、研究"，"看看，看看"，便会落个"小事闹大，规模扩大，难度增大"。因此，要火速受理，及时查处。要在众多矛盾之中，找出主要矛盾，在不清楚之中，找出清楚之点，抓住火候果断处置。使一些别有用心的人，来不及钻空子，无时间出馊主意。在处理事故类、灾难类突发事件中，要分清轻重缓急，把"抢救"作为第一位的工作，力争把生命财产损失降到最低限度。同时也要注意做好通信联络、现场保护、灾情报告、原因调查等工作。

（2）"先礼后兵"，取得手法上的主动权

一旦发生突发性事件，必须相信群众，依靠群众。既要组织群众弄清事件真相，又要发动群众出主意，迅速平息事态。同时，要讲清道理，进行正面宣传，决不能搞"三句好话不如一马棒"。如果随便训人、整人、盲目抓人、关人，就会把事情办坏、办糟，激发新的矛盾，就是有不听劝告的人，也得"先礼后兵"。只能在万不得已的情况下，才采用强硬的措施，依照党纪国法予以处置，使坏人受惩罚，好人能觉悟，事件得平息。

（3）"包公断案"，取得决断上的主动权

"包公断案"的特点，是重调查、重证据、严格依法办事。处置突发性事件，同样需要这种艺术和风格。这就要求领导者勤于调查，把事件真相弄清楚，严格依法照章处置。在处置中不徇私情，不畏权势，真

正做到"不唯书，不唯上，只唯实"。这样，决断正确，反响会更好。如果事实掌握不准，决断一错，就会增加若干倍的工作量。若是处置事件当中有徇私谋利行为，就更会引起群众不满，把事情弄坏。

（4）"宜粗不宜细"，取得工作上的主动权

处置突发性事件时，通常来讲，"宜粗不宜细"。要先抓主要矛盾，查主要对象，找主要原因。凡与事件无关的下级，对于一时难弄清的线索，特别是与事件关系不大的问题，可先搁一搁，必要时再补查。力求抓住主要问题突破，取得工作上的主动权，及早公布事件真相，以便争取多数群众，快速缓解矛盾，平息事端。

（5）"不留尾巴"，取得防患上的主动权

在处置突发性事件中，既要能快则快，果断了结，又要慎之又慎，妥善处置。防止只顾眼前快平息，不顾长远留后患。要态度鲜明，不含糊，不留尾巴。并要有准确、齐全的文字依据，形成有权威、有法律保障的协议或《纪要》，随时整理入档，以便防止今后出现反复。

处置突发性事件，在"沉着应战，妥善处置，积极疏导，促进稳定"的前提下，还应严格坚持五条原则：

①坚持实事求是的原则。

②坚持公道正派的原则。

③坚持分级负责的原则，哪里出现突发性事件，就由哪一级政府或单位负责。

④坚持维护安定团结的原则。出现突发性事件，在处置中应从团结的愿望出发，向稳定的目标努力，真正体现稳定社会大局，稳定群众情

绪，稳定工作秩序。

⑤坚持有利于生产力发展的原则。象边界纠纷一类引起的突发性事件，必须按照"三个有利于"的原则调处纠纷，解决矛盾。凡对生产有益的，符合市场经济发展规律的，就坚持和维护。并在调处中尊重历史、尊重实际、尊重现行政策。

总之，有依据的照依据调处，无依据的完善依据。做到既处置了突发性事件，又促进了生产力的发展。

也许李云龙在处置突发性事件时没想到这么多条条框框，但在危机中能化险为夷的英明之举大多符合这些应变的基本原则。对这些原则学而时习之，对我们尤其是身居领导岗位的人是大有裨益的。

6. 良好的应变是成功的先决条件

变化往往在无声无息中悄然袭来，让你措手不及。没有应变能力的人，往往在变化中败下阵来。对于战场上的指挥员来说，对于应变素质的要求更高、也更直接，李云龙用战绩交出了自己的成绩单。对于今天的管理者来说，虽然要求不是硬性的，但应变能力同样十分重要。

管理者应变能力，是一种根据不断变化的主客观条件，随时调整管理者行为的难能可贵的能力。是复杂的现代管理活动对管理者的素质提出的一条起码的要求，也是确保领导活动获得圆满成功的一个先决条件。

具有应变能力的领导人才，不例行公事，不因循守旧，不墨守成规，能够从表面"平静"中及时发现新情况、新问题，从中探索新路子，总结新经验。对改革中遇到的新事物、新工作，能够倾听各方面的意见，认真分析，勇于开拓，大胆提出新设想、新方案；对已取得的成绩，不满足、不陶醉，能够在取得成绩的时候，不得意忘形，能透过成绩找差距、挖隐患，百尺竿头，更进一步。

管理者在工作的过程中，要根据事物的发展变化审时度势地作出机智果断的应变。在当今世界，事物各方面的发展日新月异，千姿百态，但就其和领导活动的关系而言，归纳起来，主要是两种情况：其一是变化尚未偏离领导活动的前进方向的阶段；其二是变化明显偏离领导活动的前进方向的阶段。

对于第一阶段的变化，一般无需对原决策方案作根本的变动，只需要适当地对方案作某些局部的调整，以适应变化的环境。

但是，对于第二阶段的变化，就需要进行审慎的斟酌，对原先的决策作较大的改动，甚至"推倒重来"。一个优秀的领导人才，其非凡的应变能力，往往就表现在对一些复杂的"突发事件"和"非规范问题"的果断处理上。从复杂的计划的修订，到生死攸关的政治斗争，从微妙的外事活动的安排，到举足轻重的经济谈判，都需要有机智的应变能力。

随机应变的能力，能使管理者在纷繁复杂的领导活动中，有意识地使领导行为和决策方案与客观环境相适应。但是，"应变"必在不抛弃原则的前提下，根据客观事物的不断变化而提供的一切可能条件，尽可能采取科学灵活的"应变"对策，做到"你变我也变"，从而最终达到预定的目标。现代管理者的应变能力，是建立在科学判断基础上的原则性和灵活性的高度统一，在确知无法达到预定目标时能果断地"刹车"，及时转移工作重点；在确知再坚持一下就会取得胜利时，能够顶住压力，排除各方面的干扰，不惜一切代价去争取胜利；在已实现预定计划时，能适时地提出新的可能达到的目标，鼓励大伙向新的高度挺进；在发现作用对象（即客观环境）的情况发生变化，按照预定决策方案难以实现原来计划时，能够审时度势，急中生智，临场作出新的最佳决策，将领导活动继续引向胜利。

有以下4种应变方法，值得管理者借鉴：

（1）转移法

转移法可以说是"明不管暗管"，就是当办事人员得面对一个非处理不可的事情时，不去直接处理，而是先撇下去处理其他问题，从表面看，这种方法似乎有悖常情，不可思议，但其实并非真的不管，而是通过处理其他事情所产生的撞击力，使问题得以解决。历史上的"围魏救赵"。就是转移法的一个成功范例。

（2）不为法

不为法与转移法不同，不同的是它是真正的不管。世上有许多事，不去管它，它会自生自灭；越去管它，则越会变得麻烦。针对这类事情，就不要采用不为法。

(3) 换位法

凡事正面难以疏通,办事人员不妨灵活适时地运用"逆向思维",来个"换位"思考,换个角度去处理事情,也许就能找到一条解决问题的捷径。在处理一些事情时,办事人员同样应设身处地考虑是否理解了别人,尊重了别人,否则,有时事情难免处理不好,也处理不了。

(4) 糊涂法

作为办事人员在处事中有时装糊涂,也是必要的,它和不为法结合,往往能奏奇效。对世界上的事要看"开"一些,不能事事都抠死理,耿耿于怀,否则就钻进了"牛角尖","胸结块垒"。"大事精明,小事糊涂",实际上是办事人员意志坚定性和原则性的深层次体现。人们熟知的"楚庄王绝缨"的历史故事,用的就是糊涂处理法。

变无常法,应变也不能拘于形式。当变化来临时,试着运用一下超常规思维,你会得到意外的惊喜。我们学习李云龙,这种以超常规思维应变求赢的招法也是其中的重要内容。

7. 条条大路通罗马

李云龙善于应变的秘诀之一是以"换"应变。所谓"换"就是当一种应变策略效果不明显或行不通时,要及时判断形势、调整方向、改变策略,也就是要以万变应千变。我多出一变就多出一条生路,这让李云龙的队伍在变与换中成了常胜军。

现代管理也讲究"条条大道通罗马!"走不通的路就换个方向,也许这一"换",就能给管理者带来生机!

公司管理中,常常会发生一些令管理者措手不及的事情。有些管理者往往不知如何处理,造成公司和个人魅力的损失。一名优秀的管理者应具备随机应变的能力,面对突发事件,镇定自如,妥善处理。

当现实环境急剧变化时,管理者要亲自到社会上,与大众接触,收集现场情报,再以灵敏之思考力加以分析,随即采取连贯性的对策。如此,方不至于为市场之表面现象所迷惑。

然而,对此变化之适应方法,是依据以往一贯的作风,或寻求新构想呢?此两种方式做出的结果,会带来极大的差异。

例如,为维护消费者的利益,有许多公司是采用公共关系,或听取顾客反应的措施来处理,不过最近亦常看到一些公司者站在消费者的立场,为防范公害而谋求改进。像这种情形,就是能够针对时代变迁,寻求更合理的对策。与前者相较,显然是更胜一筹。

某大公司为顺应潮流,分别命令各分公司成立"经费节约委员会"。A 分公司即按以往形式,以各科科长担任委员,分公司公司老板作为委员长。全体员工将前几年制定之"经营合理化运动纲要"奉行不误,几无新构想。

B分公司则不拘泥于原来形式，从各科年轻职员中，选出四位才思敏捷者，使其运用头脑，求取"节约"之良策。

结果，A分公司尽是些"随手关灯"、"尽量避免使用电梯"、"公司内联络用信封，背面亦可加以利用"等极为平常之论调。而B分公司则提出许多新奇构想，诸如："白天洗手间不需用灯（眼睛习惯即不成问题）"、"除老人与货物外，禁止使用电梯"、"信封表面贴上几层纸，即可使用好几次"、"文具当节约分配"、"过短铅笔可加套使用"、"禁用电动削笔机"、"中午休息时间一律关灯"、"定期大扫除"、"调查存货加以利用"等等。

实施的结果，发现B分公司之成果远超过A分公司五倍。从六个月的用电量来看，A较以往节约了10%左右，而B则到达30%以上。

在处理突发事件时，公司管理者固然要有冒险精神，但也要倾向于选择稳妥的阶段性控制的决策方案，以保证能控制突发事态的发展。

突发事件来了怎么办？公司管理者常常会遇到一些突发事件上，而这些事情有的危害很大，会让你处在恐惧之中。一名优秀的公司管理者应首先控制住事态，使其不扩大、不升级、不蔓延，这是处理突发事件的关键。要达到这一目的，可采用：

（1）心理控制法

无论哪类突发事件，都会对人们心理产生相当大的冲击与压力，使大部分人处理强烈的冲动、焦躁或恐惧之中。所以，公司老板首先应控制自己情绪，冷静沉着。公司管理者以"冷"对"热"、以"静"制"动"，镇定自若，组织成员的心理压力就会大大减轻，并能在正确的引导下恢复理智，利于突发事件的迅速及时解决。罗斯福总统在应付"珍珠港事件"时的镇定自若稳定了人心，并使全国上下同仇敌忾，正是运用了心理控制法。

（2）组织控制法

对于突发事件，运用组织控制法是指在组织内部迅速统一观点。使大多数人有清醒认识，稳住自己阵脚，大局为重，避免危机扩大。如丘吉尔忍痛割爱考文垂、尼克松对飞机被击落的克制都是在迅速对组织成员进行利弊分析，当机立断做出的决策。

①注重效能，标本兼治

正因为处理突发事件的首要目标是迅速果断行动，控制局势，这就必然要求突发事件的决策指向必须针对表象要害问题，达到"立竿见影"的效果，首先治"标"，为此而采用的决策方式可以是特殊的，在治"标"基础上，才能谋求治"本"之道。

②打破常规，敢冒风险

由于突发事件前途扑朔迷离，犹如处于瞬息万变战场的军队，需要强制性的统一指挥和力量凝聚。同时，在突发事件决策时效性要求和信息匮乏条件下，任何莫衷一是的决策分歧都会产生严重的后果。所以，对突发事件的处理需要灵活，要改变正常情况下的行为模式，由管理者最大限度地集中决策使用资源，依决策经验或采纳某建议，迅速做出决策并使之付诸实施。

③循序渐进，寻求可靠

在处理突发事件时，管理者固然要有冒险精神，但也要倾向于选择稳妥的阶段性控制的决策方案，以保证能控制突发事态的发展。管理者在信息有限的条件下采用反常规的决策方式，并对决策后果风险进行预测和控制时，需回避可能造成不必要波动的方案，同时注意克服急于求成情绪，因为突发事件的表象固然可以迅速得到控制，但其根本的处理则需要的表象得到控制的阶段上进一步决策。